Julia Schoch
Mit der Geschwindigkeit des Sommers

Zu diesem Buch

Vor allem die Frauen waren übermütig, ihre Gesichter leuchteten, und ihr Lachen hörte man die ganze Nacht hindurch. Als hätte ihnen der Lauf der Geschichte, die Auflösung unseres Staates ein Argument für ein eigenes Leben gegeben. Meine Schwester aber, die in der Abgeschiedenheit der Kiefernwälder und des Stettiner Haffs von der Freiheit geträumt hatte, hatte nichts, das sich zu verlassen lohnte. Nur die Familie, den Ehemann. Deshalb blieb sie, traf sich wieder mit ihrem alten Liebhaber und gab sich fast schwärmerisch der verlockenden Vorstellung hin, dass in diesem anderen Staat ein anderer Lebenslauf für sie bereitgestanden hätte. Wäre ich aufmerksamer gewesen, vielleicht hätte ich ihre verhängnisvolle Entscheidung rückgängig machen können.

Julia Schoch, geboren 1974 in Bad Saarow , lebt nach Aufenthalten in Bukarest und Paris als freie Autorin und Übersetzerin mit ihrem Mann und ihrem Sohn in Potsdam. Für ihr von der Kritik hoch gelobtes Erzähldebüt »Der Körper des Salamanders« wurde sie mit zahlreichen Preisen ausgezeichnet, unter anderem dem Förderpreis des Friedrich-Hölderlin-Preises und dem Annette-von-Droste-Hülshoff-Preis. Für »Mit der Geschwindigkeit des Sommers« wurde die Autorin für den Leipziger Buchpreis nominiert.

Julia Schoch

Mit der Geschwindigkeit des Sommers

Roman

Piper München Zürich

Mehr über unsere Autoren und Bücher:
www.piper.de

Von Julia Schoch liegen bei Piper vor:
Verabredungen mit Mattock
Der Körper des Salamanders
Mit der Geschwindigkeit des Sommers

Ungekürzte Taschenbuchausgabe
August 2010
© 2009 Piper Verlag GmbH, München
Umschlaggestaltung: semper smile, München
Umschlagabbildung: Anja Weber-Decker / plainpicture
Autorenfoto: Jürgen Bauer
Satz: Satz für Satz. Barbara Reischmann, Leutkirch
Papier: Munken Print von Arctic Paper Munkedals AB, Schweden
Druck und Bindung: CPI – Clausen & Bosse, Leck
Printed in Germany   ISBN 978-3-492-25873-9

Mit der
Geschwindigkeit
des Sommers

»Warum gehn wir nicht ein Stück und reden über den Wilden Westen und wie zum Teufel man da rauskommt?«

Kathleen Lloyd zu Jack Nicholson in *Duell am Missouri*

Was weiß diese Zeit von einer anderen.

Bevor meine Schwester sich in New York das Leben nahm oder, den Ahnungslosen zufolge, zufällig dort starb, hatte ich das immergleiche Bild von ihr im Kopf.

Bis ich von ihrem Selbstmord erfuhr, sah ich, wenn ich an sie dachte, meine Schwester abends vor das Einfamilienhaus treten, in dem sie während der letzten Jahre mit ihrem Ehemann und den Kindern wohnte. In beiden Händen schwere Plastiksäcke tragend, tritt sie bei Regen und Dunkelheit vors Haus, läuft durch die Pforte hindurch auf die Straße, wo sie die Säcke abstellt, gegen den Zaun. Trotz des Regens bleibt sie einen Moment dort, geht nicht sogleich wieder zurück, sondern blickt hinüber zum Wald, an den die aufgereihten Häuser grenzen. Erst nach einigen Minuten geht sie langsam, ohne den Kopf einzuziehen, durch den Vorgarten zurück ins Haus. Und dann nur noch der Anblick der in der Dunkelheit zurückgelassenen Säcke, des Regens, gleichmäßig und stark.

Jahrelang, in großer Unbeweglichkeit, dieses Bild, in dem alles beschlossen schien. Und das sich inzwischen immer mehr entfernt, mitsamt dem nördlichen Himmel und seinen eintönigen Nachtfarben, in denen der Körper meiner Schwester steht. Schmal, überlegend.

Während an die Stelle ein anderes tritt.

Anstatt wie die meisten Menschen die Dinge des Lebens in Glück und Unglück einzuteilen, habe ich seit jeher nur eine Unterscheidung gekannt: Etwas geschieht, oder es herrscht die vollkommene Abwesenheit jeden Geschehens.

Als Kind hatte ich oft das Gefühl, zu spät geboren worden zu sein, sogar als allerletzte. Die Porträts des Staatsoberhauptes in den öffentlichen Gebäuden hingen immer schon so, der Frieden war ein ewiger, der Mittag hörte nicht auf. So kam es, daß mir jeder Vorfall allein dadurch schon günstig erschien, daß er das Gegenteil der Unbewegtheit, der äußeren Stille war. Ich gewöhnte mir an, nach Geschehnissen zu gieren. Wie versunken malmende Tiere durch die Witterung ruckartig aufmerken, nahm ich jeden veränderten Umstand sofort als DAS LEBEN wahr. Und obwohl sich aus der Kinderzeit mitgeschleppte Gefühl längst und nach dem, was sich ereignet hat, ins Gegenteil zu verkehren beginnt (ich bin um Jahrzehnte, vielleicht um Jahrhunderte zu früh, natürlich!), hat sich doch dies gehalten: daß ich allem, was geschieht, mit einer seltsam stumpfen Neugier zusehe.

Die sogenannten letzten Gespräche, die im Moment, da man sie führt, noch keine sind.

Bei ihrem Anruf sagte sie nicht, daß sie aus Deutschland abreisen wolle, auch nicht, daß sie, wie es immer heißt, *schon alles hinter sich gelassen hatte*, schon *herausgefallen war aus jeder Zeit*. Daß sie jemanden brauchte, der, was sie erzählte, ohne Einwurf hinnahm. Besser noch: aufhob, denke ich jetzt. Ohne Besorgnis, ohne Trost. Sie kannte mich.

An diesem Tag im Oktober ergab ihre Ausführlichkeit keinen Sinn.

Ich mußte am Abend nach Asien fliegen, sie erinnerte sich, fragte mich kurz nach dem Land, der Reiseroute. Nur das, kein Zögern, keine Pause folgte. Sie überging meinen Wink, fing sofort an, von sich und ihrer Entscheidung zu erzählen.

Sie hatte den Soldaten wiedergesehen. Allerdings zum letzten Mal.

Während ich, das Telefon zwischen Schulter und Ohr geklemmt, nach meinem Paß suchte und Unterlagen ordnete, die ich in den nächsten Wochen benötigen würde, hörte ich ihrer Stimme zu.

Es war mir recht gewesen, daß vor allem sie gesprochen hatte, gleichförmig, in einem wie scheppernden Ton, den ich einmal an der alten Jeanne Moreau gehört hatte.

Sie hatten sich also wiedergesehen, nach einem halben Jahr. Oder etwas mehr.

Dieser Abstand zwischen den Treffen mit dem Soldaten war nichts Ungewöhnliches. Es vergingen oft Monate, bevor sie sich wiedersahen. Manchmal wollte sie sich nicht mit ihm verabreden. Wenn alles ruhig lief, alles: die Ehe. Dann wollte sie nicht aufwühlen, was sie mühsam in sich vergraben hatte, dann wartete sie ab. Bis ihr wieder nach einem Chaos war, das sich über Wochen oder wenigstens Tage hinweg in Ordnung bringen ließ. Eine Art Zeitvertreib – diese Bemerkung von mir hatte sie einmal mit einem kurzen, ärgerlichen Lachen pariert.

Und diesmal nun hatten sie sich zum letzten Mal getroffen. So hatte sie es gewollt.

Im Gegensatz zu mir – ich war ständig mit Abfliegen oder Ankommen beschäftigt – war sie nie gereist. Nicht einmal den Plan zu einer Reise hatte es bei ihr gegeben. Nie ein heimlicher Traum (einmal die Antarktis, die Pyramiden sehen!). In meiner Gegenwart jedenfalls hat sie für kein Land geschwärmt, sich kein Abenteuer ausgemalt. Die zweiwöchigen Jahresurlaube in türkische oder bulgarische Strandregionen waren immer nur Reisen für die ganze Familie gewesen, auf denen man sich im Gemeinschaftspulk herumführen ließ, grüppchenweise gings durch Freiluftmuseen, Folklorewerkstätten, zu Ruinen und Grotten, wie sie auf Touristenkarten eingezeichnet sind.

Auch zu Hause fuhr sie mit dem Auto für Einkäufe oder besondere Arztbesuche höchstens bis zur nächstgrößeren Stadt, die dann trotzdem noch eine kleine war.

Selbst wenn dies nicht ganz richtig ist – manchmal, selten, hatte sie mich besucht –, so stimmt doch die Tatsache, daß ich bis vor kurzem noch kein Bild zur Verfügung hatte, auf dem ich sie allein, in einem anderen Land, umgeben von fremdländischen Menschen und Lauten sah. Daß die Vorstellung mir nicht gelang: sie allein, womöglich ziellos schlendernd, in irgendeinem Treiben.

Daß sie sich noch immer gegen die Erinnerung sperrt.

Aber ich gebe zu, daß ich mit vielem falsch gelegen habe. So hatte ich, wenn ich mit ihr sprach, regelmäßig gedacht: noch immer dieser Ton einer Offizierstochter, der doch gar nicht mehr angebracht war. Wie wenn man etwas loswerden und es sich gleichzeitig verbeißen will. Und erst seit kurzem muß ich denken: daß ich genauso bin.

13

(Also gibt es fürs Schreiben auch diesen Anlaß: Scham. Darüber, daß man sich geirrt, daß man jemanden gewisser Gedanken und Handlungen nicht für fähig gehalten und die Bilder, mit denen man sich umgab, über die Jahre hinweg mutwillig in einer Starre belassen hat. Erst jetzt, da ein anderes sich plötzlich aufdrängt, wird klar, daß diese leblosen Arrangements nur der eigenen Trägheit dienten, anstatt der Wahrheit des anderen. Der Wahrheit, na!)

Es ließe sich vieles behaupten angesichts ihres ungewohnten Aufbruchs, dieser Reise über den Atlantik. Zum Beispiel könnte man sagen, daß sie Lust hatte, sich mit diesem Schritt gegen *mich* zu wehren. Sich gegen die Gesetzmäßigkeit zu stemmen, die seit meinem ersten, unabänderlichen Fortgehen hieß: Ich breche auf, sie, die Ältere, bleibt. Vielleicht wollte sie mich daran erinnern, daß diese Gesetzmäßigkeit nur eine scheinbare war, und wollte so zuletzt alles, was zwischen uns bestand, noch einmal verdrehen. Eine allerletzte Verkehrung der Rollen, damit es wurde, wie es in der Vergangenheit schon gewesen war: Ich war ihr nicht nur gelegentlich nachgelaufen als Kind, nein, ich hatte mich selbstverständlich an ihre Fersen geheftet. Als hätte jemand den ständigen Auftrag erteilt: Sammeln! gab es für mich kein Alleinsein.

Wenn sie mir, meist nur mit einer Geste, Anweisung gab, ihr zu folgen, mich auf den Gepäckträger ihres Fahrrades huckte und mit grimmiger Miene befahl, mich anzuklammern, kam mir diese Aufteilung zwischen uns als etwas ganz und gar Natürliches vor. Sie lief voraus, ich ging nach. Daß mich jemand wegführte, mir einen Weg aufzwang, nahm ich mit halbgeschlossenen Lidern wohlig hin. Mir würde etwas zustoßen, in jedem Fall.

So war es, jahrelang, bevor es irgendwann vorbei gewesen war damit.

Ich ging, und sie blieb, wo sie immer gewesen war, in dem Ort, in dem wir unsere Kindheit und unsere Jugend verbracht haben und meine Schwester nun sogar ihr ganzes Leben.

Von alldem aber haben wir bei unserem letzten Telefonat nicht gesprochen. Und es ist auch nicht zu glauben, daß es bei dem Vorgefallenen um mich gegangen wäre, um eine Rache, einen Rollentausch, um etwas derart Nebensächliches. Sie redete von etwas anderem.

Dem Soldaten.

Dieser Gestalt, die durch ihre Erzählung mit einemmal exklusiv wird, einzigartig. Ein leuchtendes Fähnlein, das in der Lebensgeschichte meiner Schwester steckt wie ein Markierungspfeil.

Jetzt denke ich, sie sagte, sie werde ihn nicht

15

wiedersehen. *Ich werde ihn nicht wiedersehen*, hatte sie gesagt, ein schlichter Satz. Kein: *niemals mehr wieder* oder *nie mehr in diesem Leben*, das Drama war keins, eine einfache Tatsache bloß.

Sie hatte eine Entscheidung gefällt, die Entscheidung, ihren Liebhaber nicht mehr zu sehen.

Sie habe ihm aber nichts davon gesagt, erzählte sie. Während des ganzen Nachmittags mit ihm habe sie geschwiegen von diesem Entschluß, und ich lachte. Lachend fragte ich, ob er gar nichts bemerkt habe. Immerhin, einen ganzen Nachmittag lang! Sagte sie was darauf? Ich lachte auch, um sie ein wenig anzutreiben beim Reden, vor mir das Gepäck schon halb fertig. Meine Schwester allerdings ließ sich nicht beirren. Gleichförmig, beinahe trotzig, erzählte sie.

Von diesem Tag mit ihm, Anfang Oktober.

Die Zeit, das Geschehen, der Ort des Geschehens. Dieser Ort, an dem sich für meine Schwester bis zuletzt alles abgespielt hat: eine Garnisonsstadt.

Ein Militärstützpunkt, ein künstliches Gebilde in einer abgeschiedenen Gegend. Ein aus dem Nichts gestampfter Ort, nahe der polnischen Grenze.

An dem Tag, als sie zum letzten Mal mit ihrem Liebhaber zusammen ist, ist dieser Ort allerdings schon verändert. Ist er nur noch ein Überbleibsel seiner selbst, eine Geisterstadt, daß man sich schon anstrengen muß, um sich zu erinnern, wie es war, zu Beginn, bei unserer Ankunft dort. Wir sind noch klein. Alle hier sind aus demselben Grund anwesend. Die Kinder sind mit den Frauen gekommen, die Frauen sind ihren Männern gefolgt, die Männer einem Befehl. Und obwohl wir noch klein sind, als das Leben in dieser Stadt beginnt, ist sie schon zu spüren, die stille Enttäuschung bei manchen der Frauen. Man kann die kurzen gesenkten Blicke sehen, die Niedergeschlagenheit auf ihren Gesichtern angesichts der neu errichteten Siedlung, der Wohnblocks aus Beton. Alles an ihnen vermittelt den Eindruck, sie hätten ein Leben in der Bezirks- vielleicht sogar der Hauptstadt aufgegeben für das hier, hätten etwas zurückgelassen, das nun nicht mehr zurückzutauschen war. Rauschende Feste, Studentenpartys, Faschingsbälle, all das würde hier nicht stattfinden, höchstens noch der übliche Tanz zu den Nationalfeiertagen.

Doch dieses Gefühl vergeht, mit den Jahren wird Trägheit daraus. Irgendwann ist es geschafft, sie nehmen ihn hin, diesen Ort, loben den Komfort, das Wasser, direkt aus der Wand, die Heizungswärme im Winter, die Annehmlichkeiten, sogar die Ruhe; war es nicht ein Glück, daß man so leben konnte? Und dann die Natur!

Die war: viel flaches Land, Greifvögel, Felder und Wald und in den Wäldern zugewachsene Seen, Tümpel. Die satte, üppige Landschaft stand in seltsamem Gegensatz zu der Armut, die zu früheren Zeiten unter den Leuten in dieser Gegend geherrscht hatte. Fischer und Ackerbauern. Die Dörfer, die nie mehr gewesen waren als eine lose Ansammlung von Katen und schilfgedeckten Fachwerkhäusern, hatten weder Marktplätze noch Festwiesen. Die ewig unterspülten Felder machten das Bewirtschaften schwer. Während anderswo die Landwirte dickbäuchig auf dem Kutschbock durchs Dorf gefahren waren, lief man hier neben den Fuhrwerken her, schonte die klapprigen Pferde.

Nach dem Krieg hatte der sozialistische Staat den Landstrich entdeckt, dieses dünnbesiedelte Land, dessen Nutzlosigkeit ein strategischer Vorteil war. Unter dem Grün des Pflanzendickichts ließ sich einiges verbergen, Panzer und Geschütze, eine halbe Armee, auch die Schüsse von Übungsgefechten verloren sich in der Weite dieser Ebene.

Das Militär hatte das Dorf in eine kleine Stadt verwandelt. Man baute nicht nur Kasernen in die Wälder und Häuser, auch eine Schule, ein Kino, eine Sporthalle, bis es alles gab, was zu einer rasch errichteten Phantasiewelt gehört. Der spöttische Ton meiner Schwester, wenn sie sagte: Stadt. Erst später, als sie schon übriggeblieben ist, als einzige von uns dort, und auch der Ort schon ein anderer geworden ist, wird mir die Künstlichkeit dieses Gebildes auffallen, das gleichermaßen aus Gehöften, kleinstädtischen Geschäften und einer Ziegelei bestanden hatte, aus Kopfsteinpflaster und betonierten Wegen und, wie als Krönung, den Inseln der Modernität.

Ich weiß nicht, ob es da schon anfing, so früh. Schon beim ersten Anblick der Wohnsiedlung, die man für die neuankommenden Familien errichtet hatte. Aber ich stelle mir vor, daß meine Schwester die fünfzehn oder zwanzig vollkommen identischen Blöcke nicht anders als verächtlich hat anschauen können. Wo ein Wald oder ein Feld gewesen war, hatte man fünfgeschossige Häuser gebaut. Graubraunweiß. Übereinandergestapelte Boxen. Es muß in dieser quadratischen, aus einheitlichen Platten hergestellten Welt gewesen sein, daß sie mit dem gelegentlichen Starren begann, mit dem sie ihre Verachtung ausdrückte. Statt abfällig zu reden oder sich abzuwenden, starrte sie die zu verachtende Person oder den Gegenstand nur an, die Backenzähne aufeinandergepreßt, daß die Kieferenden hervortraten. So steht sie auf einem Foto neben mir, in dem abgezirkelten Karree aus Häusern, an denen das 21. Jahrhundert schon abzulesen war.

Das Urbild einer Zukunft, die aus dem gleichförmigen Stein bereits herüberleuchtete zu uns.

Ich glaube, meine Schwester bezweifelte, daß sich in dieser Art Beton etwas einnisten, daß hier irgend etwas würde zurückbleiben können von uns.

Möglicherweise hat es ihn gegeben, einen exakt bestimmbaren Augenblick, den Zeitpunkt, an dem das Bild meiner Schwester sich zu verändern begann. Ich kenne ihn nicht.

Ich könnte von Ahnungen reden, von Vorgefühlen bei unserem letzten Gespräch, davon, daß sie sich da bereits verwandelte, vor meinem inneren Auge, wie es immer heißt. Ihre Stimme, der Ton. Daß all das sie schon entfernter wirken ließ, und heller auch, eine Bewegung weg aus der Dunkelheit. Aber das wäre leichthin gesagt. Nein, erst seitdem ich zurückgekehrt bin (zu spät), seitdem ich versuche, die drei, vier Wochen, in denen ich nichts von ihrem Tod wußte, die Wochen also meines arglosen, sträflichen Vergessens, dieses alltäglichen Vorgangs, wieder einzuholen und dem Halbgehörten sein wahres Gewicht zu geben, schiebt sich allmählich ein Bild über das andere. Denn die Bilder verschwimmen nicht. Sie liegen ausgestanzt nebeneinander, jedes in seine Zeit gehörend, jedes vom nächsten getrennt. Man muß das richtige sich vordrängen lassen, bis dem letzten, endgültigen, Platz gemacht ist.

Wir haben später nie gesagt, wir würden von dort stammen. Wie auch hätten wir den Zufall unserer Anwesenheit vergessen können. Zu Kinderzeiten war der Gedanke fortzugehen leicht erschienen. Ruhig und gleichmütig sprach man davon, wie man verkündet, man werde sich im nächsten Jahr das Haar lang wachsen lassen oder Fahrradfahren lernen. Eine Selbstverständlichkeit, die weniger war als ein Plan, schon gar keiner, den man sich faust-schüttelnd schwor. Man war hineingeraten in diese Landschaft, irgendwie, und genauso rasch und un-spektakulär würde man sie wieder verlassen. Noch dazu, wo uns nichts gehörte, nichts hier hatte mit uns zu tun. Diese Armseligkeit, die nicht auffiel, niemandem. Kein Erbe, kein Besitz. Bis auf eine Garage oder eine Gartenparzelle besaßen die mei-sten nichts. Die einzigen − letzten, wie es hieß − Besitzer im Ort waren oft trunksüchtige Einzelgän-ger: der Säufer von der Tischlerei, der dauerkranke Eisbudenbetreiber. Auch Umsiedler, die nach dem Krieg hier hängengeblieben waren, verstörte Alte, die mit Handkarren voll Holz durch den Ort zo-gen. Sie würden bald aussterben, sie gehörten in eine andere Zeit. Die überwunden war, die aus Besitzern und Besitzlosen bestand, aus Herren und

Knechten, aus Unterdrückern und Unterdrückten, allem möglichen. Die jedenfalls für immer überwunden war, wie man uns sagte.

Genau wie andere Menschen hatte auch meine Schwester Vertrauen gehabt, daß ihre Zukunft, das für sie Vorgesehene, etwas *gänzlich anderes* wäre. Dies hier war nur ein etwas unpassender Beginn. An diesem Ort. Man würde nur abwarten müssen, die Schule beenden. Sich im richtigen Augenblick einfädeln in die Ordnung der Welt. Sich so fügen, daß es sich leben ließ. Mit dem Auftrag, und an einem Platz, den es doch zu geben schien, für jeden. Man mußte sich nur fallenlassen in die vorsortierten Möglichkeiten. Würde sich auf den fertigen Bahnen bewegen, sich dort einrichten, wo es denkbar war. Was hieß: wo man vom Staat, der Gesellschaft, erwartet wurde.

Sie beendete die Schule. Sie beendete eine Ausbildung in der Kreisstadt (sie war jetzt Schaufenstergestalterin). Bevor sie anfangen konnte zu arbeiten, wurde sie schwanger. Sie heiratete. Sie bekam ein Kind. Sie blieb. Punkte eines tabellarischen Lebenslaufs. Zu denen, nehme ich an, auch der Soldat zu rechnen ist.

Dies noch vielleicht soll erwähnt sein: Im selben Jahr, in dem die Hochzeit meiner Schwester stattfand, ging es mit dem Kommunismus in Europa zu

Ende. Im Frühjahr 1989 wußte sie davon allerdings ebensowenig wie die übrigen Menschen in der Welt. Jetzt, fast zwanzig Jahre später, könnte man sagen, daß der Umsturz damals den Zeitstrahl ihres Lebens teilte, ihn glatt zerschnitt, so daß er in zwei gleich große Hälften zerfiel.

Dieser Blick, der erst funktioniert, wenn etwas ganz und gar zu einem Ende gekommen ist.

Plötzlich der Gedanke: Eine schillernde Saga über all das zu schreiben (sich also in dem Stoff zu aalen), würde bedeuten, sich damit auszusöhnen. Was wiederum hieße: Verrat.

Er war immer *der Soldat*.

Jahrelang haben meine Schwester und ich von ihrem Liebhaber gesprochen, als wäre er ein fester Bestandteil auch meines Lebens: Was macht der Soldat? fragte ich beiläufig, wenn ich mit ihr telefonierte, oder sie, in einem ironischen Geständniston: Letzte Woche hat er wieder angerufen, der Soldat.

Er war nicht mehr beim Militär. Trotzdem nannte sie ihn so, noch immer. Es war leichter für sie, den Ehemann mit einem Menschen zu betrügen, dessen Bezeichnung aus einer anderen Wirklichkeit stammte. Die heimlichen Ausflüge mit ihm waren dann weniger verräterisch: Sie passierten mit jemandem aus einer Zeit, die es längst nicht mehr gab, einer Zeit, die vor der Heirat lag, vor den Kindern. Wenn sie *Soldat* sagte, war sie sicher. Ihr Liebhaber gehörte in eine gänzlich andere Geschichte, ein anderes Jahrhundert sogar.

In den achtziger Jahren war er wegen seines Militärdienstes in den Ort gekommen. Für die meisten Rekruten, die es per Einberufungsbefehl in diese Gegend verschlug, war es eine Katastrophe. Kiefernwälder, hochstehende, von Sandkuhlen unterbrochene Wiesen, mit dem Zug brauchte man einen ganzen Tag, bis man heraus war aus *dieser Ödnis*. Oft zu lang für eins der seltenen Urlaubswochenenden. Die, die doch versuchten zu fliehen, für eine Nacht, ein paar Stunden, stürzten am Samstag aus dem Kasernentor zu den Schwarztaxis. Man sah sie zum Bahnhof rasen, wo ein einziger Zug vom einzigen Gleis abging, Richtung Süden, der Hauptstadt zu. Die meisten aber blieben, vergruben sich während der zwei, drei Jahre in sich selbst, tranken viel.

Man hat später gemeint, die Abgeschiedenheit sei Heimtücke gewesen, auch in dieser Hinsicht. Daß man die jungen Männer so zum Bleiben zwang. Die Großstädte weit entfernt. Am nächsten, nur ein paar Kilometer weit, Stettin, auf der anderen Seite der Grenze. Doch diese Tatsache ist bedeutungslos. Uninteressant auch, daß es Szczecin heißt, nicht

Stettin, eine Schulaufgabe, denn die Stadt könnte auch Hanoi oder Paris heißen, Nowosibirsk oder Buenos Aires. Seit 1980, erst recht ein Jahr darauf, seit in Polen Kriegsrecht herrschte, war sie nicht mehr als ein Name auf der Landkarte. Als das geschah, als sich die Grenzen schlossen, fiel das Land dahinter ins Vergessen. Es ist die verschlafenere Grenze, bewacht zwar, aber nicht von Hunderiegen, nicht von Scharfschützen dicht an dicht, eher schon könnte man sich auf einem Traumgang im Gestrüpp dieses Hinterlands verfangen. Unsere letzten Erinnerungen an das so plötzlich verriegelte Land: nicht mehr als schwärmerische Albernheiten, die zigeunerhafte Buntheit in der Hafenstadt, ein Affe auf der Mole, eine Wahrsagerin auf einem Markt. Jede dieser allmählich verschwimmenden Geschichten erschien als das grandiose Gegenteil unserer Wirklichkeit. Während das Land neben uns verschwand, wurde die Gegend, in der wir lebten, zu einer Sackgasse, dem letzten ungenutzten Winkel eines Hauses, in den man sich zufällig verirrt, bevor man schulterzuckend kehrtmacht und wieder geht.

Die einzige Verbindung blieb das Wasser.

Fünfzehn, sechzehn, siebzehn Jahre später, wenn es vorbei ist, die alten Bündnisse nicht mehr gelten, wird all das nicht mehr wichtig sein. Die Menschen werden es vergessen haben. Meine Schwester wird mit ihrem Liebhaber auf einem Fährdampfer die Grenze wieder ungehindert passieren können. Wie die meisten Leute steigen sie nicht aus, sie überqueren es nur, das Stettiner Haff, und fahren mit dem Dampfer von der polnischen Seite wieder auf die deutsche zurück. Daß da zwei Menschen, Touristen, eine Staatsgrenze passieren, wird niemanden mehr kümmern, es wird nicht mehr von Bedeutung sein.

Das Haff. Vom Ort aus kann man es nicht sehen, aber an Sommertagen spürt man es an der Luft. Es beherrscht die gesamte Gegend, es macht die Landschaft feucht. An dem schmalen Strand, den sich das Schilf regelmäßig zurückholt, liegen statt Muscheln winzige Schneckenhäuser im Sand. Dieses Gewässer, das uns von der Ostsee trennt, ist ein falsches Meer. Nie ein Tosen, keine Drohung, ein gigantisches stehendes Meer. Wir lachen über die Anekdote vom Selbstmörder, der sich ins Haff stürzt, stolpert und auf den Knien landet. So, auf den Knien rutschend, kriecht er voran, Hunderte Meter durchs flache Wasser auf den Horizont zu, bis er vor Erschöpfung umkehrt.

Im August fängt das Wasser zu blühen an, der grüne Algenteppich breitet sich über die Grenze hinweg aus. Dann bestimmt der Gestank der Al-

gen die Gegend, sie kleben am Körper, das falsche
Meer verwandelt sich gänzlich in einen abgestan-
denen Teich, daß sogar die Kinder verächtlich darauf schauen.

Meine Schwester, die damals noch zur Schule
ging, hatte ihn beim Tanz kennengelernt. Tanz: ein
Saal mit ein paar nackten Tischen und einem Tre-
sen darin. Dumpfe Gesichter, zusammengesunkene
Körper, die Soldaten dazwischen wie Aussätzige.
Obwohl man meinen könnte, die Stadt lebt vom
Militär, ist der Anblick von Uniformen für viele
eine Provokation. Wenn nicht die Soldaten gegenseitig übereinander herfallen, sind es die Männer
aus dem Ort, die ihnen Schläge verpassen, ganz
ohne Aufregung tun sie es, fast so, als gehöre es zu
einem vorgeschriebenen Ablauf, als hielten sie eine
Ordnung ein. Während die Musik im Saal weiter-
läuft und die Pärchen ihre Kreise ziehen, schlurfen
die Verprügelten wortlos zwischen den Tanzenden
hindurch bis zu einem der Tische, wo sie ungestört
zusammensacken.

Auch mit dem Soldaten meiner Schwester hatte
man sich zu prügeln versucht. Mehr noch als die
Uniform allerdings brachte die herumstehenden
Männer in Wut, daß ein Buch aus seiner Jackentasche herausschaute. Ihre Verachtung Büchern ge-

genüber gleicht der, die man bei einer gewählten Ausdrucksweise empfindet oder angesichts weißer Lackschuhe. Als das Buch bei seinem überraschend geschickten Verteidigungsschlag herunterfiel, trat einer darauf, man zog und zerrte daran, bevor meine Schwester sich das zerfledderte Papierbündel greifen und es ihm geben konnte.

Die stumme Übergabe muß genügt haben als Erkennungszeichen. Der Soldat und sie bildeten plötzlich ein Paar gegen die übrigen Leute im Saal. Aber anstatt ausgeschlossen fühlten sie sich erleichtert, sogar erhöht durch die erst feindselige und kurz darauf schon wieder gleichgültige Stimmung um sie herum.

Nach dem Tanz laufen überall Paare durch den Ort, eine Stunde, manchmal zwei. Sie sitzen auf dem Bordstein, in Hausaufgängen, stolpern durch die Dunkelheit, bis es Zeit ist für die Kasernen. Auch meine Schwester war mit dem Soldaten so durch die Nacht gerannt. Auf einem Acker, auf dem irgendein Getreide wuchs, hatten sie sich auf den lehmigen Untergrund gelegt. *Natürlich* − beinahe triumphierend klang ihre Stimme später bei diesem Wort − war er sofort in sie eingedrungen, hatte sich an ihren Körper geklammert wie an eine Rettungsboje. Wir lachten darüber. Lieber allerdings hätte ich gewußt, ob nicht jeder dieser Ausgehungerten so reagierte. Aber ich stellte andere

Fragen. Ja, *natürlich* sei es klamm und schmierig dort am Boden gewesen. Sie guckte jedesmal ungläubig beim Gedanken an diese versunkene Szenerie. Klamm und schmierig.

Es brauchte ein paar Jahre, damit die Eigenschaften dieses Ortes in den Hintergrund traten. Damit nur die Erinnerung an ihre jugendliche Unverfrorenheit blieb. Stolz und Kopfschütteln zugleich.

Und dann, wohin mit dieser Gier, der Hastigkeit der Wochenenden jedesmal, wenn es wieder in die Schule ging? Dachte sie an ihren Körper, wenn sie pünktlich auf dem Schulhof erschien, an die Hitze, die ihn unter der neuentdeckten Liebe befiel, sein ungeahntes Aufbäumen? Teilnahmslos wie alle hörte sie den Ansprachen bei den gelegentlichen Appellen zu. Wenn die Landesfahne gehißt wurde, blickte sie kurz auf. Dann das offizielle Grußritual, das die älteren Schüler nur träge befolgten, eine kleine, gelassene Provokation, damit der Eindruck einer gleichgültigen Meute blieb. Die üblichen Aufgaben: Ohne einen Zwischenfall, ohne zu widersprechen machte meine Schwester Meldung vor den Lehrern, zu Jubiläen rezitierte sie hin und wieder ein Gedicht, sie übernahm im Singeclub den Schellenring. An Gedenktagen legte sie Kränze nieder, Kränze zu Ehren des Namensgebers der Schule, zu Ehren der toten Führer der Arbeiterbewegung, zu Ehren der Jugendorganisation, sie nahm an politischen Sitzungen teil und verfaßte Berichte über Exkursionen, die sie nach festgelegten Regeln und originell gestaltet ins Gruppenbuch der Klasse schrieb.

Ein paar Jahre später, als all diese Dinge schon unwirklich, als sie schon zu einem Scherz geworden waren, erinnerte sich der Soldat plötzlich an meine Schwester.

Sie hatte inzwischen ein zweites Kind bekommen und freute sich über seinen Anruf. Warum nicht, ein Wiedersehen.

Sie merkte, als sie mit ihm sprach, daß das Gefühl der Verliebtheit, *das sie damals ja erst ausprobiert hatte*, schon seltsam altmodisch geworden war, wie alles, das sie in der anderen, untergegangenen Gesellschaft erlebt hatte. Nicht sieben oder acht Jahre, ein ganzes Menschenleben schien in die Zeitlücke zu passen. Sie wohnte noch immer an demselben Ort, die Erinnerungen aber waren bereits wie ausgeblichen, hatten mit der Gegenwart kaum mehr etwas zu tun.

Sie erkannte ihn sofort, als er sich meldete, obwohl sie nur ein paar Wochen mit ihm verbracht hatte, damals, in dieser anderen Zeit. Auch später hatte sie nur selten an ihn zurückgedacht, er war nicht der einzige gewesen. Aber er war der einzige, der schließlich wiedergekommen war, zurück in diesen aufgegebenen Ort, zurück zu ihr.

Er muß gelogen haben, aber sie hat nicht danach gefragt.

Bei diesem ersten, überraschenden Anruf gab er vor, er sei zufällig in der Gegend. Jahrelang, jetzt muß ich, seltsam, schon sagen: bis zum Schluß, blieb das als Witz zwischen uns. Daß jemand in dieser Landschaft zufällig vorbeikam, war so wenig vorstellbar wie die Tatsache, daß einer beruflich in ihr zu tun haben könnte (was für ein Beruf sollte das sein?). Inzwischen gibt es Autobahntrassen für die Urlauber, die von Berlin aus nach Norden, zum Meer, gelangen wollen, aber sie führen an der Gegend vorbei. Es scheint, als hätte sie den Menschen zu keiner Zeit einen Grund gegeben, sich ganz und gar niederzulassen in ihr.

Eine Stunde später war er dagewesen, in dem Haus, vor dem ich sie bis vor wenigen Wochen noch so gesehen habe, wenn ich an sie dachte: sie, in der Dunkelheit, dem Regen.

Er bewunderte das neue Kind, das im Kreiskrankenhaus zur Welt gekommen war, und fand es einen schönen Zufall, daß er als Soldat einmal auf derselben Etage gelegen hatte. Als das Krankenhaus noch ein Lazarett gewesen war. Sie wußte nicht, daß er während seines Militärdienstes regelmäßig Erstikkungsanfälle gehabt hatte, mentale, wie er sagte, Schweißausbrüche, eine Enge in der Brust, und fragte ernst nach. Aber er lachte über all das, vor allem darüber, daß im Lazarett ein Spion im Bett neben ihm gelegen hatte, ein Aushorcher, ein falscher Kranker, der zwar hustete und stöhnte, aber immer genug Luft gehabt hatte, ihm Fragen zu stellen, über die Kameraden aus der Kompanie, sein Privatleben. Wer sich mit einer seltsamen Krankheit wie dieser, *einer engen Brust*, dienstuntauglich machte, war verdächtig. Aber genauso verdächtig waren dem zukünftigen Liebhaber meiner Schwester damals die Fragen des Lazarettspitzels vorgekommen, auf die er immer verrücktere Antworten gegeben hatte.

Das beleidigte Schweigen des Spitzels konnte er noch immer vorspielen.

Diese unverhoffte Begegnung zwischen ihnen, nach Jahren, ließ meine Schwester aufatmen. Die frühere Zeit ließ sich ja wie eine lange Anekdote erzählen. Die Vergangenheit war plötzlich ein amüsantes Geschichtenreservoir.

Sie lachten viel bei diesem ersten Wiedersehen.

Sie lachten, lachten über seine Erstickungsanfälle, über die Angstzustände und Schweißausbrüche, über den idiotischen Spion in dem Krankenhausbett neben ihm, über die Prügeleien beim Tanz und darüber, daß die Monate ihres Zusammenseins in Wirklichkeit nur vier Samstage gewesen waren, an denen er ein paar Stunden Ausgang gehabt hatte, dazu ein halbes Dutzend Briefe, die zwischen seiner Kaserne und unserer Wohnblocksiedlung hin und hergegangen waren.

Für ihn hatte der Ort bei dieser Wiederkehr seine Bedrohlichkeit verloren. Er schwärmte sogar von der Schönheit der Natur drumherum. Aber auch darüber mußten sie dann lachen.

Erst als er sich schon verabschiedet hatte, kam beiden der Ernst wieder. Ihnen fiel ihre *wirkliche* Vergangenheit ein. Der Soldat drehte um, noch bevor er durch die Gartenpforte war, griff meine Schwester ohne ein Wort an der Taille und schob sie ins Haus zurück.

Das Kind hatte großäugig in einer Babywippe dagelegen und behutsam federnd den Erwachsenen neben sich auf dem Teppich nachgespürt.

Daß sie bei diesem ersten Mal im Haus geblieben waren, hat sie mir immer als einen Unfall beschrieben, als eine Leichtsinnigkeit, über die sie auch Jahre danach noch mit aufgerissenen Augen kopfschüttelnd erschrak. Das Entsetzen über die eigene, vergessene Wildheit. Die schöne Unvernunft.

Bei seinen späteren Besuchen fuhren sie dann immer in die Umgebung, raus aus dem Ort. Umständlich liebten sie sich in seinem Wagen. Anfangs hatte sie es gemocht, so dazuhocken, mit hochgeschobenem Rock, die Bluse halb offen, später aber bedrückte es sie mehr und mehr. Die Enge selbst bei zurückgeklappten Sitzen verwandelte das Abenteuer in eine Demütigung, die sie daran erinnerte, daß sie älter wurde (da war sie vierunddreißig). Also ließen sie den Wagen stehen, gingen spazieren, faßten sich viel dabei an, was oft noch demütigender war.

Das Nachdenken über die Treffen mit ihm, das Abwägen und Bedauern kostete Kraft. Daß sie sich so selten sahen, lag nicht an Schuldgefühlen, es war diese Anstrengung für das bißchen Stück Tag, die Anstrengung einer anderen Möglichkeit, die Anstrengung der Unruhe danach. Sie planten ihre Treffen genau, fragten sich jedesmal, ob sie sich dringend nötig hatten, im Moment. Er wohnte weiter südlich, ein paar Autostunden entfernt, und war verheiratet. Meistens rief er sie bloß an, immer vormittags, wenn ihre Söhne im Kindergarten oder in der Schule waren. Sie sprachen Stunden.

Ich bin ihm nie begegnet, nicht als Kind und auch später nicht, ich kenne den Liebhaber meiner Schwester nur aus ihren Erzählungen, aber in meiner Vorstellung ist er mit jenem Soldaten verschmolzen, der bei einem Schulausflug in eine Kaserne plötzlich niederkniet vor mir und für alle hörbar sagt: Es war die Nachtigall und nicht die Lerche.

Ich wußte nicht, daß es nur ein Zitat war, eine Kopie, daß sogar sein Kniefall vom Theater geborgt war, ich wußte überhaupt noch nichts von der Literatur, der Liebe. Es war lächerlich, grotesk, wie dieser Soldat in seiner Uniform plötzlich niederkniete vor mir, während die anderen Schüler um uns herum mich anstarrten. Und obwohl er lachte dabei (diese Worte! der Kniefall!), sah ich seine Verzweiflung durch das Lachen hindurch, ich war nicht die, die er meinte, ich hielt nur her. Es war ein Ausbruch, für den er jemanden brauchte, jemanden, der angesichts eines Niederknienden noch Scham empfinden konnte. In ihrer Langeweile, ihrer Angst, wenden sich die Soldaten den Kindern zu, den Mädchen, sie machen ihnen zum Scherz Anträge, verloben sich zum Scherz, sagen, daß sie warten wollen, und sehen einen an, als meinten sie es ernst, aber es ist alles nur ein Ersatz. Wenn sie sich unbeobachtet fühlen, kann man sie sehen, ihre Schauspiel-Erschöpfung, dann stehen sie da, mit hängenden Armen, den Blick gesenkt.

Diese verlorenen Gestalten sind immer da, aber nie in den Wohnungen der Offiziersfamilien. Nicht einmal auf den Straßen der Siedlung sieht man sie. Auch der Soldat meiner Schwester hat sie nie bis vor die Haustür gebracht. Nachdem sie alles mög-

liche miteinander tun, überall, trennen sie sich irgendwo. Die Offiziere haben es nicht gern, wenn
sie ihren Untergebenen in der eigenen Wohnung
begegnen. Und natürlich käme auch keiner der
Untergebenen je auf eine solche Idee.

Da ich damals nichts von ihm weiß, weiß ich auch
nichts von einem Schmerz, der meine Schwester
befallen hätte, als er schließlich verschwand. Ich
erinnere mich nicht daran, daß ihre Verschlossen-
heit zu einem bestimmten Zeitpunkt etwas anderes, noch Stärkeres, geworden wäre. Sein Dienst
muß irgendwann beendet gewesen sein, vielleicht
hatte man ihn auch versetzt. Soldaten gab es in
den Kasernen Hunderte. Sie kamen, und wenn sie
wieder gehen durften, taten sie es froh. Jeder eine
Flasche Bier in der Hand, bestiegen sie fidel und
berauscht die Sonderzüge vom einzigen Gleis, die
Züge, die sie herausbringen würden aus diesem
Loch. Manche winkten, höhnisch, und niemandem
zu. Keine Trennungsszenen. Man mußte sie vergessen, diese unwirkliche Zeit, mußte dieses ver-
schenkte Stück Leben abgetan haben, bevor man in
sein altes Leben zurückkehrte. Meine Schwester jedenfalls sagte nichts, kein Wort von ihr. Vier Samstage: Ich weigere mich zu glauben, sie hätte ihm
nachgeweint.

Der gerade Horizont. Die einzige Erhebung in dieser weitgestreckten Landschaft ist eine künstliche, ein aufgeschütteter Berg, über den eine Betonspur führt. Nachts üben dort Panzer das Anfahren am Berg, das Hinabrollen ins Tal. Nur im Winter, wenn es geschneit hat, nehmen die Kinder den Manöverhügel in Besitz. Sie zerteilen mit ihren Schlitten die dünne Decke aus Schnee, Hunderte Kinder, so lange, bis sie über den steinigen Grund schrammen, bis nichts mehr übriggeblieben ist als schmutziges Wasser auf Beton.

Wenn ihr Liebhaber später mit ihr aus dem Ort rausfuhr und sie Hand in Hand an Waldrändern entlangliefen, langweilten die Kiefern sie genau wie das übrige Nadelgehölz.

Die Natur hatte nichts mit ihr zu tun. Abgesehen von ein paar amüsanten Erinnerungen (Tintenkäfer im Blaubeerwald, ein Ball, der in einen Hasenbau rollt und für immer verschwindet), war sie eine Zumutung. Ein Hindernis, das zwischen ihr und *dem Wesentlichen* lag. Als versperrte sie ihr den Zugang. Die Felder mit den Gräben darin, der Mais und die trüben Seen im Wald – das alles konnte man nicht anders als eine Kulisse betrachten. Man hätte es richtig, ja: einmal *gehörig* ansehen müssen, oder unschuldig wie ein Kind. Aber auch früher schon war es ihr nicht gelungen, sich darin kopflos zu bewegen. Statt dessen dieser Blick, mit dem sie die Umgebung durchbohrte, zwischen Schreck und Abfälligkeit. Die Kindlichkeit war nichts weiter als eine äußere Erscheinung gewesen, ihr Körper hatte sie getarnt, ihr Blick aber war der von ganz alten Männern, dieser Blick, der einen auch später nur schwerlich etwas glauben läßt. Sie hatte ihn sehr früh.

Solange sie in den Kasernen sind, sind die Soldaten Wartende. Jede Unterbrechung der Zeit ist ein Vergessen für sie. Das Empfangskomitee, drei oder vier von ihnen, steht in Tarnzeug am Tor, wenn die Schulklasse zum Besuch einmarschiert. An jedem Feiertag, jedem Jahrestag geschieht das so. Erleichtert über das Unfugsgeschrei um sie herum atmen sie auf, sie mischen sich unter die Kinder. Das weite, friedliche Gelände. Sie zeigen: ein Panzer, ein Funkwagen, ein Flakgeschütz. Plötzlich teilen sie die Begeisterung dieser noch glühenden Wesen für alles hier, der Stolz kehrt ihnen zurück. In ihren schweren Stiefeln springen sie umher, so soll es bleiben, das Lachen der Kinder rettet sie. Eines nach dem anderen heben sie in den Panzerwagen hinein, sie zwängen und schieben, bis die Kabinen angefüllt sind vom Gekreisch. Und dann steht noch eine da. Auch meine Schwester ist dort gewesen, sie wurde wie ich in einen dieser Wagen gehoben, um halb im Ernst Knöpfe und Hebel zu bedienen. Diese Vorstellung: wie die jungen Männer, wenn sie an der Reihe ist, kurz innehalten. Plötzlich mit ernster Miene, strecken sie zögernd die Arme aus, sie nicken ihr zu, wissen nicht, was zu halten ist von diesem schmalen Mädchen mit dem Kugelkopf, das selbst keinen Fuß in den Panzerwagen setzt, das nicht am Trittbrett zerrt, nicht bettelt. Es ist, als tauschten sie kurz ein geheimes Zeichen aus, das darin besteht, daß sie nicht zwinkert, nichts sagt, keinen Finger rührt. Stumm sieht meine Schwester auf, bevor sie sich schließlich hochheben läßt. So, wie es vorgesehen ist. Aber sie hat ihn bereits ausgelöscht, den Raum des Lachens um sich herum. Er ist wertlos geworden durch diesen Blick, der besagt, daß von ihr solch eine Rettung nicht zu erwarten ist.

Es kann gar nicht anders gewesen sein. Sie hat ein geheimes Eigenleben geführt. Zwischen den zufällig zusammengekommenen Mitgliedern einer Familie, den zufälligen Bewohnern der Wohnung, den wahllos versammelten Schülern einer Klasse hielt sie aus, wie jemand, den noch etwas ganz anderes erwartet. Man mußte nur überdauern. Durchhalten. Eine nachtwandlerische Überlegenheit. Sie war Klassenbeste, um nicht aufzufallen. Wer seine Pflicht tat, konnte ungestört untertau-

39

chen für eine bestimmte Zeit. Als würden die anderen nichts verstehen von einer Gegenwelt (welcher?), schwieg sie davon. Ich bin sicher, sie konnte überhaupt nur so existieren. In einer Art Kammer, einer Kammer des Überdauerns in sich selbst.

Obwohl sie nur selten weinte, hat Picasso seine Freundin Dora Maar fast ausschließlich als weinende Frau gemalt. Ihre Tränen: Kugeln an langen Fäden, die ihr aus den Augen hängen. Er malte, was er spürte, heißt bei einem Maler, was er *sah*. Solch ein Bild ist auch das meiner Schwester in der Dunkelheit vor ihrem Haus. (Ich muß mich konzentrieren bei der Erinnerung daran, denn ich vergesse es bereits, es löst sich auf und macht schon dem anderen Platz, dem letzten.) Eines, das nur geschrieben oder gemalt werden kann, weil es in der Wirklichkeit anders existierte. Weil es zusammenfügt, was nach außen hin sichtbar in Splitter zerfiel. Meine Schwester im Regen, die zum Waldrand hinüber sieht, weder angstvoll noch lauernd. Sie schaut durch die Finsternis hindurch. Wie jemand, der über etwas nachdenkt, das er schon weiß, sich aber noch nicht sagt.

Die Sirenen, die nachts in den Wohnblöcken tönten, der Alarm, der die Offiziere zum Manöver holte, schreckten alle auf, die Frauen, die Kinder, alle – bis auf sie.

Während die Männer hastig in ihre Uniformen steigen, knöpfend und stopfend hinunter und nach draußen in die Dunkelheit zu den abfahrbereiten Lastwagen stürzen, schläft meine Schwester. In den Häusern springen vereinzelte Lichter an, die Frauen, mit verknicktem Haar und im Morgenmantel, werfen den Männern Proviant durchs Treppenhaus nach. Dann gehen sie in die Wohnung zurück, wo sie, bevor sie sich wieder schlafen legen, einen Moment lang ihr blasses Gesicht im Spiegel der Garderobe betrachten. Am nächsten Morgen wird meine Schwester sich nie erinnern können, an nichts, der Sirenenton, die Unruhe, das Poltern der Stiefel im Treppenhaus, von diesem gespielten Krieg wird sie nie etwas wissen. Statt dessen ihr abgewandtes Gesicht, wie gleichgültig oder angezogen von etwas anderem, Fernem, blickte sie aus dem Fenster.

Sah ich sie schon damals in diesen Nächten so?: Die Lippen aufeinandergepreßt, die Augen zusammengekniffen, die Fäuste geballt, zwang sie sich zum Schlaf.

Während sie das alles überhört, die Sirene, den Alarm und die Fahrzeuge unten vorm Haus, weckt sie ein anderer Ton sofort. Nachts, wenn wir allein sind in der Wohnung, scheint die Mutter bisweilen in einen verzweifelten Zustand zu geraten. Wortlos räumt sie die Schallplatten aus, nicht wild, nicht panisch, aber wie unter Zwang nimmt sie eine nach der anderen zur Hand, sucht nach einem bestimmten Lied, einem zweiten, das sie wieder und wieder abspielt, leise, um uns nicht zu wecken, aber die Wände halten keinen Laut ab, die Geräusche sind überall. Das ganze nächtliche Haus hört. Meine Schwester geht hinüber und setzt sich vor den Sessel mit dieser Frau darin. Sie nimmt ihre Sprachlosigkeit für eine Weile auf sich, sie nimmt ihn ihr weg, diesen Zustand, der der Mutter die Luft abpreßt, die uns beruhigen will und kein Wort hat dafür, nur mit den Händen erklärt sie, daß man nichts zu fürchten braucht, daß nichts geschehen ist.

Man müßte sehr weit gehen, um sich zu entfernen, soviel verstehen wir.

Meine Schwester weckte mich auf. Sie stand am Fenster und sah in die Nacht hinaus, dorthin, wo die Landschaft an die Siedlung grenzte, hinter der Landschaft die Kasernen. Sie rief mich, leise, aber bestimmt, und wies auf die Leuchtraketen, rotgrüne Signalkugeln, die in den Himmel hinaufgeschossen wurden und langsam niedergingen überm Wald. Sie hob mich hoch, damit ich die Schönheit dieses Anblicks begriff. Die Schönheit dieses allabendlichen, lautlosen Feuerwerks. Es ist etwas Seltsames an diesem Ort, an dem der Krieg so friedlich erscheint. Der nächtliche Geschützlärm, der vom Übungsplatz in die Siedlung hineinzieht, ist ein Friedensgeräusch, und die trägen Panzerkolonnen an manchen Tagen in den Straßen des Ortes sind nur eine Vorbereitung auf etwas ganz anderes, eine *gänzlich bessere Zeit,* die eines Tages den gesamten Erdball erfaßt haben würde.

Später, wenn der Staat in sich zusammengefallen sein wird, ändern sich auch die militärischen Strategien, die Feinde und Ziele. Es wird keine Verwendung mehr für einen solch gewaltigen Stützpunkt geben. Das Militär wird nicht sofort abziehen, aber nach und nach verlassen Einheiten die Stadt, die überschaubar werden wird wie zu der Zeit, als wir noch nichts von ihr wußten.

Wir sprachen von dem, was geschehen könnte. Beinahe gelassen, schläfrig, folgten wir der Logik des Ortes. Wir sprachen vom Krieg wie von etwas, gegen das man sich wappnen konnte mit Decken, Licht und ein paar Eimern Sand. Bei einem Angriff brauchte man womöglich nur die richtige Position unterm Bett, mußte sich flach an den Boden drücken. In Gedanken packten wir das Allernötigste für einen Notfall zusammen, spielzeugkoffergroß, Fotos, manchmal ein Buch, kleine Fäden zur Vergangenheit, um dem späteren Überdauern, dem einsamen Überleben schon jetzt den Schrecken zu nehmen.

Aber ich unterschlage, daß wir gleichzeitig lachten. Nicht versteckt, eher aus einer gewissen Entfernung lachten wir. Darüber, daß die Offiziere auf Fahrrädern zum Dienst in die Kasernen fuhren, daß sie am Wochenende in Pantoffeln vor den Hausaufgängen rauchten, daß die meisten ihre Bäuche nicht verbargen. Ihre Gemächlichkeit schien lächerlich und gewagt zugleich, sie ließ einen zweifeln an der Machbarkeit des Krieges. Und zugleich mit dem Lachen das Gefühl, daß dieser Zweifel der wirkliche Schrecken war, einer, von dem man besser schwieg.

Abends erzählte sie, daß ein Schüler im Wald eine Granate gefunden und sie aufgesägt habe. Sie sagte, die Stichflamme habe ihm die Brauen, das Haar versengt, auch die Wimpern. Daß es dauern würde, bis all das nachwuchs. Ich fragte nicht nach, wer im Ort, oder wo genau, und was denn für eine Granate. Als hätte ich damals schon die Gewißheit gehabt, daß die Wahrheit weniger wichtig war als die Nachricht selbst, ein Ereignis, das sich weitererzählen ließ. Und als wüßte sie das, schmückte sie ihre Erzählungen jedesmal aus, Farben, Gerüche, bog alles zum Witz hin, verlor sich in immer nebensächlicheren Einzelheiten, wie man jemanden in

den Schlaf singt. Ich bin sicher, sie hat geahnt, daß
es nur so ging: Man mußte etwas hinzufügen zur
Kargheit, die außen um uns war, zum Grau der Abläufe, das uns gefangen hielt. Was vorausgeplant
war, würde unweigerlich passieren. Für das Wun-
derbare mußten wir selbst sorgen. Deshalb auch
stellte sich nie das Gefühl von Stolz beim Erzählen
ein. Es war ganz klar eine Notwendigkeit.

In der Erinnerung leben die Kinder wie elternlos in
der Siedlung. Ihre Verbindung hinauf in die Wohnungen ist das Schreien, das zurückhallt von den
Wänden der Wohnblocks. Die Kinder schreien,
anstatt die Treppen zu benutzen. Sie rufen nach
den Müttern, manchmal wie in Trance stehen sie,
den Kopf im Nacken, die Augen geschlossen, und
hören nicht auf zu rufen. Nach Schlüsseln, beleg-
ten Broten, irgendeinem Spielzeug, bis in den Fen-
stern Arme erscheinen und das gewünschte Ding
vor die Füße der schreienden Kinder werfen.

Sie hat auch später die scherzhafte Bezeichnung für
ihn beibehalten, hat ihn für sich und mich nur immer Soldat genannt, weil sie nicht wollte, daß er
ein anderer wurde. Bei ihrem Wiedersehen, nach
Jahren, war er so sehr das Gegenteil eines Soldaten
geworden, daß er ihr seltsam fremd vorkam. Zwar

hatte er auch schon beim Militär die Uniform, die mit ihren zu kurzen Hosen bereits von selbst wie ein Kostüm aussah, aus Protest nie ganz korrekt getragen, hatte im Ausgang das Koppel gelockert, die Mütze abgesetzt und unter der Jacke einen Streifenpulli getragen, aber das Feldgrau war nicht zu vergessen gewesen.

Als er damals, nach dem ersten, überraschenden Anruf durch den Vorgarten ihres Hauses auf sie zugelaufen kam, begriff sie, daß sie diesen Menschen zum ersten Mal in Zivil sah. Sie hatte nicht daran gedacht, daß er in dunkler Hose und weißem Hemd erscheinen könnte. Dieser unbekannte Anblick verunsicherte sie. Für einen Moment wußte sie nicht, ob der Eindruck, an einem Theaterstück teilzunehmen, sich wirklich auf die damalige Zeit bezog oder nicht doch auf das Jetzt. Früher hatte sie wie alle nur gewitzelt über die Uniform, jetzt aber wurde gerade aus dieser häßlichen Montur, die inzwischen verschwunden war, ein Reiz: Sie schlief mit diesem Mann, weil sie sich an sie erinnerte. Als sie sein Allerweltshemd aufmachte an dem Tag, knöpfte sie ihm eine unsichtbare Uniformjacke auf, und seine Hose, die sie mit dem Fuß wegstieß, war für sie aus grauem Filz. Warum sollte sie mit irgendeinem Zivilisten schlafen?

Sie war ihm ausgehungert vorgekommen, an dem Tag. Er mochte den Gedanken. Möglich, daß er in all den Jahren nur wiedergekommen war, weil sie ihn bei diesem ersten Mal brüsk von sich stoßen mußte, um durchzuatmen. Dieser mit einemmal schwache Körper, der sich halb klammernd, halb wegdrehend eine Pause erbat. Was für ihn ein Schwächeanfall nach allzu großer Leidenschaft war, war in Wirklichkeit die Folge einer gerade erst überstandenen Erkältung, dazu das Kind, ein paar Monate zuvor. Sie sagte ihm nichts davon. Daß sie ihn wegschob an dem Tag, daß sie ihn, während er sie noch festhielt unter sich, plötzlich keuchend wegdrängte wie ein von der Lust überforderter Mensch, mußte für ihn wie ein Zeichen sein: Sie hatte lange nichts erlebt, hatte ihn nötig.

So war es nicht.

Allerdings waren es nie Offenbarungen gewesen, wenn sie davon gesprochen hatte, es habe sich kürzlich *etwas mit jemandem ergeben*. Anders als dann später bei dem Soldaten hatte sie mir diese Geschichten bloß andeutungsweise zugeschoben. Immer wenn ich gedacht hatte, sie brauche mich und eine aufmunternde Anekdote aus der Großstadtwelt, kam sie flüchtig darauf zu sprechen, so daß ich beschämt abbrach (sie hatte ja längst ein eigenes Leben mit allem Drum und Dran!). Fragte ich nach, spielte sie ein Gähnen: *Es gibt da nichts zu erzählen.*

Aus diesen drei, vier zufälligen Begegnungen war nie ein zweites Mal geworden. Daß sie keine Änderung ihres Lebens davon erwartet hatte, daß sie sich darauf eingelassen hatte, um dann nie wieder darauf zurückzukommen, war verwirrend gewesen für die Männer, gefährlich in einer kleinen Stadt. Sie ließ es irgendwann. Sie war sich ein bißchen selbst böse, daß sie *in ihren frühen Jahren* so gehandelt hatte. Natürlich hätte man sich statt dessen auch dem Karnevalsclub anschließen können, dem Chor oder einem Bürgerverein, der den Bau einer Straße oder Brücke verhindern wollte, einem, der sich mit Regionalgeschichte befaßte. Hätte ehrenamtlich in dem Ausflugspark arbeiten können, in dem das Leben der Gegend im Mittelalter nachgespielt wurde, Sport treiben oder einem Tierzuchtverein beitreten können. Sie lachte jedesmal halb bitter, halb amüsiert, wenn wir die Liste erweiterten bei einem Telefonat: Wie viele unmögliche Möglichkeiten es gab, sich zu entziehen!

Im Spätsommer 1989, als Tausende nach Prag und Budapest aufgebrochen waren, um in den Botschaftsgärten des westlichen deutschen Staates ihre Ausreise zu erzwingen, war auch meine Schwester von zu Hause ausgezogen: in eine eigene Wohnung, am anderen Ende der Siedlung. Da es Wohnraum nur für Verheiratete gab und sie ohnehin schwanger war, hatte sie im Frühjahr geheiratet. Trotzdem mußte sie ein paar Monate warten auf diese Wohnung, die genauso aussah wie die, in der sie aufgewachsen war (Wohnzimmer, Schlafzimmer, Küchenschlauch). Der Ehekredit, den der sozialistische Staat Jungverheirateten zugestand, reichte, um einige Möbel anzuschaffen. Standardmodelle, die sich kaum abändern oder verschönern ließen. Immerhin hatte sie von ihrer Lehre als Dekorateurin ein paar Kniffe zurückbehalten, die sie stolz präsentierte.

Es war kein Einrichten in der Ewigkeit. Es war damit zu rechnen, daß der Mann nach dem Studium eine Stelle in der Hauptstadt bekäme. Oder in einer anderen großen Stadt. Sie waren ja noch jung, alles möglich.

Genau wie sie selbst war auch der Soldat überrascht worden von der Umwälzung im Land. Fast war das eine Selbstverständlichkeit zwischen ihnen, als sie später darüber sprachen, jedenfalls nichts, was sich erst herausstellen mußte. Die Revolution war über ihr Leben gekommen wie ein plötzliches Unwetter, dem man aus sicherer Behausung zuschaut. Fasziniert hatten sie die Bilder im Fernsehen betrachtet und bald jede Veränderung so routiniert hingenommen, wie man sich auf eine neue Jahreszeit einstellt, von der man sich ein bißchen mehr Luft oder Licht verspricht.

Wie die Frauen in den Wohnblöcken aufatmeten. Vor allem die Frauen. Zum ersten Mal saßen sie nicht nur dabei, sondern sahen konzentriert hin. Der gebannte Blick auf den Fernseher, aus dem verkündet wurde, daß der Staat alle Grenzen öffnete. Daß Vorschriften, Verbote plötzlich hinfällig geworden waren, daß nichts mehr zu fürchten war. Zuerst nur verschlüsselt, als unverständliche, kurze Nachricht nebenbei, später dann als Flut von Bildern auf sämtlichen Kanälen. Während die Männer, alarmiert, mit der Kommandozentrale telefonierten, während sie noch rätselten und unruhig fragten, wie diese Bilder zu deuten seien, zogen sich die Frauen schon ihre Mäntel über und rasten die Treppe hinunter. Übermütig klingelten sie sich gegenseitig aus den Wohnungen, sie riefen durch die Treppenhäuser, wirres Zeug, liefen auf die Straße hinaus, und ihre Gesichter leuchteten, wie seit Jahren nicht mehr. Sie hakten sich unter; ihr lautes Lachen, die ganze Nacht hindurch.

Es war, als hätte ihnen der Lauf der Geschichte plötzlich ein Argument für ein eigenes Leben gegeben.

Nicht sofort.

Es wird noch Wochen dauern, Monate, in denen sie nur heimlich ins chaotische, offene Berlin fahren. Sogar die Kameras der Fernsehteams meiden sie, weil es den Offizieren und ihren Familien verboten ist, über die Grenze zu gehen. An all das halten sie sich, bis es zu lächerlich geworden ist, das Gerede vom Feind, der Konterrevolution, von einer möglichen Umkehr der Ereignisse.

Die, die ihre Männer verlassen, stürmen nicht blindlings davon. Wenn sie es schließlich tun, dann erleichtert und wehmütig zugleich. Die Männer werden dabeisitzen, kraftlos und verwirrt lassen sie ihre Frauen Geschirr aus den Schränken nehmen, Taschen mit Kleidung füllen, Fotos aufteilen. Sie können es sich noch nicht sagen, aber die Ahnung durchgeistert sie bereits: Die Zeit der alten Kämpfe, ihres Dienstes, ist vorbei.

Als die festgefügte Ordnung in den Menschen selbst aufplatzt, ist das nicht bloß ein unproblematisches, arrangiertes Auseinandergehen, wie es das sonst auch gegeben hatte, sondern ein Abwenden für immer, eine Ungläubigkeit, wie man es so lange hat aushalten können, eine Art von Freiheit, bei der endlich jeder für sich selbst eine Autorität, gut oder schlecht, sein will. Jedenfalls nichts mehr bloß anerkennen. Nichts mehr hinnehmen. Der Staat, der sich da auflöst, reißt alles mit sich. Aber es geschieht lautlos, als hätte jemand den Ton abgeschaltet bei der Sprengung eines Hauses.

Doch das betraf meine Schwester noch nicht, hinter ihr lag ja noch nichts, das sich zu verlassen lohnte. Sie trat erst ein in eine andere Zeit, ihre eigene.

Während ich von den Frauen, den Männern, den Kindern spreche, fällt mir auf, daß ich sie dort, wo ich am wenigsten anwesend war, wo sie nur durch ihre Erzählung lebt, am deutlichsten sehe, daß sie dort zu einem Individuum wird, da sie ihre Entscheidung getroffen hat.

Als die Grenzen schon eine Weile geöffnet waren, fuhr sie ohne Geheimnistuerei mit mir und dem Kind nach West-Berlin. In den Straßen freute und wunderte sie sich, behielt aber den Mund die ganze Zeit fest verschlossen. Sie war zu stolz, sich in den Bankgebäuden für den Geldbetrag anzustellen, den der westliche Staat den Herüberkommenden als Willkommensgruß schenkte. Sie lachte wie eine Touristin über den Anblick der Menschenschlangen. Ich überredete sie, und sie ging schließlich mit in ein kleines Postamt in Berlin-Schlachtensee. Das Kind, für das ihr auch Geld zustand, mußte sie vorzeigen. Meine Schwester holte den mit einem Schneeanzug und einer Pudelmütze bekleideten Säugling aus dem Wagen und hielt ihn in die Höhe. Die Schalterbeamtin hinter der Scheibe nickte zufrieden, stempelte den Ausweis ab und legte zwei Scheine hin: *Dem bleibt was erspart, und Ihnen auch,*

Sie sind ja noch jung. Ich sah, wie meine Schwester erstarrte, sie erstarrte, bevor sie mit einer seltsam langsamen Geste das Geld an sich nahm. Rot vor Scham, wandte sie sich ab. Das Kind noch auf dem Arm, die zwei Scheine in der Manteltasche, ging sie grußlos vor mir her, aus dem leeren Postamt hinaus. Ihr schamroter Nacken, selbst später noch, auf dem schon winterlichen Bahnsteig der Berliner Stadtbahn.

Die neuen Verhältnisse: Der Ehemann bekam in der Kreisstadt das Optikergeschäft der Familie zurück. Die Leute fingen an, sich gegenseitig zu einem Arbeitsplatz zu beglückwünschen. Man hielt fest, was man bekam. Die Mienen wurden wieder verhuschter, die Gesten mißtrauisch. Niemand redete mehr von Blöcken oder heißen und kalten Kriegen, davon, eine Sache zu verteidigen oder sich ihr zu verweigern. In einem solchen Moment wird alles klar erkennbar. Die Menschen treiben als Teile einer unförmigen Masse auf die immergleiche Weise durch die Geschehnisse der Geschichte, werden mitgerissen, gehen manchmal ein Stück allein, um wieder in eine andere Richtung gespült zu werden. Ihre Existenz: ein stetiges Schlingern durch einen dunklen Raum, in dem sie doch alle lernen, sich so weit zu orientieren, daß sie nicht auf der Stelle zugrunde gehen.

Für meine Schwester gab es wenig zu tun. Hin und wieder dekorierte sie das Schaufenster des Ladens, von dem sie nun lebten (was für ein Glück, ein solcher Besitz!). Man bewunderte ihren Einfallsreichtum dabei, der gleichzeitig unnötig war (es gab nur einen einzigen Optiker dort).

Sie wurde kiebiger, manchmal bissig, jetzt, *wo man alles sagen durfte*, trumpfte sie ab und zu auf. Sie machte sich lustig darüber, daß der Verkäufer im örtlichen Buchladen, der auch Schreibwaren und Kosmetikartikel anbot, nicht wußte, wie man Nietzsche buchstabierte. Sie fragte extra nach Lektüreempfehlungen, um mit einer ironischen Bemerkung abzulehnen, wenn er ihr daraufhin das Guinness-Buch der Rekorde nannte.

Der Unterschied zwischen der Provinz und den Großstädten (»der Welt«) schien plötzlich noch größer geworden zu sein. Der Stolz, anders zu sein, als einzige Möglichkeit, nicht heimisch zu werden. Wegen ihrer *originellen Art*, den gemusterten Strumpfhosen, die sie manchmal trug, dem hochgesteckten Haar, fiel sie auf im Ort.

Einmal, während sie nebeneinander hergelaufen waren, hatte der Soldat sie pfeifend angeschaut und Lady genannt. Ihr Lachen, sie war rot geworden. Als wolle er sie mit dieser Bezeichnung vorführen, hatte sie im Scherz gleich eine Regel draus gemacht: nie wieder ein Kompliment!

Inzwischen war sie mit Ehemann und erstem Kind (mit dem zweiten war sie schwanger) in ein Haus gezogen, am anderen Ende, schon beinah außerhalb der Ortschaft, aber es gab ja kein »außerhalb« und »innerhalb« mehr. Auf einem Feld waren Einfamilienhäuser aus Fertigteilen errichtet worden. Als man noch gehofft hatte, der Ort würde nun, nach der Vereinigung der deutschen Staaten, zu einem großen, europäischen Stützpunkt.

An Sommerabenden saß sie dort oft lange in dem abgezirkelten Gartenstück, das sie mit schnellwachsenden Hecken umgeben hatte. Vom nahen Wald zog Nadelgeruch herüber, auf dem Nachbargrundstück machten Zuchttauben unablässig Geräusche. Wenn der Haushalt erledigt war, legte sich meine Schwester eine Gurkenmaske auf. Manchmal ballte sie unwillkürlich die Fäuste, wie von einem elektrischen Schlag.

Dieses Haus, das Teil des Bildes ist, das sich nun Stück für Stück aufzulösen beginnt, gehörte nicht ihr oder dem Ehemann, es war nur gemietet. Wäre es anders gewesen, hätte meine Schwester die Unfreiwilligkeit, mit der sie ja schon als Kind an diesen Platz der Welt geraten war und an dem sie noch immer hockte, leugnen müssen. Ein Hauskauf hätte bedeutet, daß ein Fortgehen nicht mehr in Frage kam, hätte bedeutet, daß man die Vorstellung, eines Tages aufzubrechen, für immer ausschloß.

Dort ist es, daß sie den Soldaten nach Jahren wiedersieht. Und in dieses Haus kehrt sie zurück, an diesem letzten Tag. Wenn sie zum letzten Mal aus seinem Wagen gestiegen ist, wird sie durch den Vorgarten gehen, sich in einen der gußeisernen Stühle setzen und auf die Tauben vom Nachbargrundstück horchen. Nicht mit zurückgelegtem Kopf, nur regungslos wie in die Luft gemeißelt, die Augen in der beginnenden Dunkelheit geöffnet. Aber es wird kein Laut zu hören sein, an diesem Tag. Achtzehn Uhr dreißig, der Stuhl schon winterkalt.

Jetzt sehe ich plötzlich deutlich, daß sie die Rollen tauschten. Über die Jahre hinweg, in denen meine Schwester sich mit ihm traf, verkehrten sie sich. Möglich, daß sie selbst es auch gespürt, daß sie etwas gewußt hat von diesem Wechsel, der Tatsache, daß der eine für den anderen mit der Zeit etwas anderes wurde.

Als sich der Soldat damals, nach dem Tanz, im Getreidefeld wortlos über sie hergemacht hatte, hatte sie eine Erlösung bei ihm gespürt. Diese Erlösung war aber noch etwas anderes gewesen als bloß eine körperliche Lust, die endlich befriedigt wurde. Natürlich. *Als sei ich seit Jahren das erste menschliche Wesen, hat er mich umarmt. Als hätte er nicht geglaubt, so etwas noch einmal zu fassen zu krie-*

gen. Sie war eine Rettung für ihn. Das Gegenteil der Wirklichkeit, die er täglich in der Kaserne ertragen mußte, ein paar hundert Meter von unserer Wohnblocksiedlung entfernt. Selbst als Tochter eines Offiziers – aber das hatte sie ihm vielleicht verschwiegen – stand sie in seinen Augen außerhalb oder doch wenigstens weit genug entfernt von alldem, wozu er verurteilt war. Allein die Tatsache, da in dem nächtlichen Feld die Uniformhose aufmachen, die Jacke ablegen zu können, das alles abzuwerfen, hatte ihn die Demütigung für ein paar Minuten vergessen lassen, für die diese Montur nur das äußere Zeichen war.

Und genauso hatte er später sie erlöst, genauso: ohne es zu wissen. Als er sich bei ihr meldete, als er sie nach all den Jahren so unerwartet anrief, nach ihrer Heirat und dem ersten Kind, nach der Auflösung des sozialistischen Staates (*unseres* Staates, wie ich noch immer sagen will) und ihrem zweiten Kind, war schließlich er es, der sie in eine andere Wirklichkeit lotste. Mit seinem Anruf bei ihr, seinem Lachen und dem wieder unkomplizierten Körper hatte er meine Schwester gerettet, die inzwischen festsaß in ihrem neuen Leben.

Der Ort, nach der Revolution, schrumpfte nicht sofort zurück. Ich ging weg, und als ich zehn Jahre später bei einem Besuch durch die Siedlung fuhr, waren die meisten Wohnblocks nur noch spärlich bewohnt. An den fehlenden Gardinen konnte man erkennen, wer fortgezogen war. Meist wohnten nur noch zwei, drei Familien dort, nein, nicht einmal ganze Familien, oft nur die Männer, die inzwischen vielleicht Bürgermeister in einem Nachbardorf waren, Reiterhöfe bauten, Tankstellen pachteten. Oder sie saßen still starrend auf einem Sofa. Vielleicht waren sie auch übernommen worden in die Armee, die einmal ihr Feind gewesen war. Die paar Kasernen, die geblieben waren, unbedeutend das alles. Man ging ein und aus, nicht einmal die Schreibtische wurden abgeschlossen, nichts mehr schien ein Geheimnis zu sein, jedenfalls hatte man keinen Anteil daran. Und die fremden, neuen Offiziere kamen zur Arbeit von weither, wie auf eine Dienstreise jedesmal. Keiner von ihnen mochte dort wohnen.

Die Trägheit, die Ratlosigkeit, die über allem lag, war schon zu spüren.

Ganz allmählich schien der Ort wieder das zu werden, was er hundert Jahre zuvor gewesen war. Die Bewohner hatten sogar vergessen, die Straßen umzubenennen. Doch selbst wenn noch Menschen dort wohnten und die Straßen in der Siedlung noch immer nach antifaschistischen Helden benannt waren, war sie schon erkennbar, die Verwandlung. Es war schon abzusehen, daß nach und nach verlassene Betongehäuse aus den Wohnblocks werden würden, eine Art aufgegebene Goldgräberstadt, leer und geisterhaft.

Wie spürbar die Abwesenheit war. Als warteten sie. Auch unsichtbar wartete noch etwas dort. Denn wenn etwas verschwindet, entsteht ein Quadrat in der Landschaft, manchmal ein Kreis.

In gewisser Weise war er also übriggeblieben, der Soldat, war er eine Ausnahme. Als er nach Jahren wieder auftauchte, hatte sich das Leben schon beruhigt. Inzwischen war das Verlangen entstanden, wieder in eine Zeit einzutauchen, die man vollständig hinter sich gelassen hatte. Bei seinem ersten Besuch war er heiter gewesen, heiter und sanft. Er war nicht wie einer zurückgekehrt, der seither die *große weite Welt* bereist hat, nicht mit dieser Überheblichkeit. Beinahe verlegen erzählte er, er habe ein Studium begonnen, weil es ihm vor der Revolution verboten gewesen war. Irgendein Ingenieursstudium, einer dieser technischen Zweige. Er sagte, er habe es eine Zeitlang versucht, daß er sich um diesen alten Traum gekümmert, dann aber alles hingeworfen habe. Er hatte ein wenig studiert, er hatte gearbeitet, er war in Deutschland herumgekommen. Meine Schwester hatte ihm zugehört. Sie hörte ihm zu, sie wußte: Darum ging es nicht.

Deshalb war sie in der Tür stehen geblieben, als

er das Haus schon verlassen hatte. Sie rührte sich nicht, rief ihm nicht nach, stand bloß mit klopfendem Herzen da. Ein halbes Lächeln. Es war unausweichlich, er würde, er mußte sich umdrehen.

Wie sie damals, beim ersten Wiedersehen, übereinanderhergefallen waren, Menschen, die sich abrupt etwas zurückholen wollen. Sofort. Und danach immer wieder. Das Gierige dieses Augenblicks war auch eine Art gewesen, sich plötzlich zu erinnern, ein Mittel, sich ein Geheimnis zu verschaffen, das keines mehr war, die bedrohliche Gleichgültigkeit der neuen Zeit dem eigenen Leben gegenüber zu verjagen, sie zu verscheuchen und sich das Eigene zurückzuholen, mit dem Lachen und Schreien, mit menschlichen Geräuschen.

Oft ist er mit ihr aus der Ortschaft hinaus nach Osten gefahren, der polnischen Grenze zu, die Dörfer dort sind langgestreckter und abgekehrter, dort kannte man sie nicht. Sie duckte sich ja immerfort, sah sich um, meine Schwester, nach Nachbarn, einem Lehrer oder Arzt, der Frau aus der Videothek (sogar wenn sie davon erzählte, zog sie noch den Kopf ein und kratzte sich verlegen den Handrükken). Dort aber hat niemand Lust, ihnen nachzuschauen, wenn sie den Wagen stehenlassen und auf Feldwegen zwischen hohen Maispflanzen herumlaufen. Wenn die hektischen, stummen Umarmungen im Wagen vorbei sind, laufen sie Hand in Hand und reden. Sie vergessen sogar eine Zeitlang, sich zu küssen, weil sie so viel miteinander sprechen.

Beinahe noch wichtiger als die Abwechslung von ihrem Alltagsdasein war, daß er keinerlei Interesse für ihr gegenwärtiges Leben zeigte. Und schon gar nicht für irgendeine mögliche Änderung darin, für das, was man *Entwicklung* nennt. Nie fragte er, was sie in Zukunft vorhabe, ob sie sich nicht etwas Besseres vorstellen könne als immer nur im Haus zu sein, die Kinder zu betreuen und so weiter und so fort. Nicht mal ein: Und später? Er rüttelte an nichts.

Wenn er mit ihr zusammen war, spazierten sie nur immer wieder zurück in denselben Raum. Den einzigen, den es für sie beide gab und je geben würde.

Ausflüge in die Vergangenheit.

Einmal kamen sie bei solch einer Fahrt über die Landstraßen an einem landwirtschaftlichen Großbetrieb vorbei, der schon seit ein paar Jahren geschlossen war. Nach dem Krieg hatte die Regierung die Wiesen trockenlegen lassen, die Gegend kultiviert. Futter für Vieh, Nahrung für Menschen. Inzwischen gab es keine Kollektive mehr, die die Flächen gemeinschaftlich bestellten, trotzdem waren die meisten Äcker und Weiden noch immer geometrisch angeordnet, ein Netz von Feldwegen und Meliorationsgräben teilte sie in riesige Quadrate.

Sie stiegen aus und liefen über das verlassene Gelände der ehemaligen Genossenschaft. Die Ruine mitsamt den Nebengebäuden stand noch da, auch die Inschrift über den Toren war noch zu lesen: Futterhalle, Waschtrakt, sogar ein Schild mit dem Spruch eines Philosophen, vorn am Pförtnerhaus.

Meine Schwester faszinierten diese Überreste wie alte Postkarten.

Dadurch, daß die Geschichte dieses Staates nicht zu Ende gegangen, sondern abgebrochen worden war wie eine festgefahrene, unerträgliche Schulstunde, war es möglich, sich eine andere Vergangenheit auszumalen, die stattgefunden hätte, wenn diese Schulstunde, das *Experiment* weitergelaufen wäre. Seitdem sie den Soldaten wiedergetroffen hatte, bekam alles, was aus dieser Zeit übriggeblieben war, eine Bedeutung: wegbröckelnde Ladenaufschriften, überwucherte Denkmäler oder rostige Springbrunnen. Sie kaufte Bücher, die *Spurensuche* hießen oder *Bilder aus einem untergegangenen Land.* Bücher, in denen Ferienheime und Wohnungen aus der damaligen Zeit abgebildet waren, Fotos von Menschenschlangen vor Geschäften, von überfüllten Cafés. Auch Kartenspiele mit Hochhaus-Motiven, Alltagsgegenständen aus der damaligen Zeit.

Plötzlich sah sie in alldem sich selbst. Die verlokkende Vorstellung, daß in diesem anderen Staat ein anderer Lebenslauf für sie bereitgestanden hatte, verdrängte den nachträglichen Schrecken über die Begrenztheit in dem Land, das in immer weitere Ferne rückte. Meine Schwester fühlte sich aufgehoben in der nicht probierten Version. Fast enttäuschend war es, daß einem der Lebensplan, der schon geschrieben gestanden hatte, nun zum Eigengebrauch zurückgegeben war. In ihren Sätzen kam immer öfter die Grammatik der Möglichkeiten vor. Halb schwärmerisch sagte sie: Was einem alles bestimmt gewesen wäre! In diesem anderen Land hätte man ganz sicher … Wenigstens wäre man gezwungen gewesen zu … oder: Dann hätten wir immerhin …

Dadurch, daß der Soldat wieder aufgetaucht war, spürte sie diesem ungelebten Plan nach. Als fiele sie durch einen Spalt in ihrer Existenz auf einen anderen Level, eine andere Palette der Möglichkeiten. Wenn sie neben ihm herlief, ging sie neben einer Variante ihres Lebens her. Wenn sie ihn umarmte, umarmte sie das Phantom eines anderen Lebens. Und wenn sie sich gierig küßten, erinnerte sie das an eine Zukunft, die sie niemals kennenlernen würde.

Manchmal fahren sie auch noch weiter, der Grenz-
übergang in dieser Gegend ist zugleich ein kleiner
Provinzhafen. Zweimal am Tag verkehren Fähren,
schmucklose Dampfer, die über das Stettiner Haff
auf die polnische Seite fahren und von dort wieder
zurück. Eine Grenze, die keine mehr ist. Man zeigt
seinen Ausweis, sonst nichts. Jedesmal, wenn sich
meine Schwester mit dem Soldaten trifft, ist ein
wenig mehr verschwunden von der früheren Un-
behaglichkeit, die Beamten werfen nur noch träge
Blicke auf das, was man ihnen da vorhält.

Ich habe schon einmal, nur kurz zwar, darüber
geschrieben. Aber damals erzählte ich in der Geschichte von ihrer Fahrt über das Haff so, als wäre
sie allein gewesen an dem Nachmittag. Das war sie
nicht. Auch damals war der Soldat bei ihr. Er war
es, der angesichts der ungewöhnlich störrischen
Wellen gesagt hatte, daß die Trennlinie zwischen
den Ländern, die doch nur auf der Karte verlief,
wohl auch ins Wasser gebracht worden sei.

Sie haben diesen Treffen nie einen Namen gegeben. Haben nicht: Verhältnis oder Affaire gesagt.
Sie besprachen, etablierten nichts. Mit den Jahren
allerdings beanspruchte sie die Lust auf ein Zu-
sammensein mit ihm fast trotzig. Es ging nicht um
Schuld. Jedenfalls hörte ich sie nie sprechen von
Schuldgefühlen. Unangenehm in ihren Augen war

nur, daß man ihr jedesmal noch Stunden danach die gelöste Art ansah, wenn sie von einem Ausflug mit ihm nach Hause zurückkehrte. Meistens redete sie dann viel mit der Katze und lockte sie bis zum Abend ums Haus, damit ihre roten Wangen, ihre Freude, einen Grund bekamen.

Holte sie sich diesen Umriß eines anderen Lebens, diese Erinnerungen, die zu schnell verblaßt waren, mit ihm in kleinen Portionen zurück? Weil das große Ganze ohnehin längst verlorengegangen war? Ich habe sie nie davon reden hören, *alles für ihn aufzugeben*. Wer wollte schon für immer in eine andere Zeit zurücktauchen. Es schien nicht in Frage gekommen zu sein. Sie wird es ihm mit ihrer Art zu schweigen gesagt haben. Dieser Art, die klarmachte, daß ein Nachfragen überflüssig war und daß die Entscheidung über Anfang, Mitte und Ende einer Angelegenheit bei ihr lag.

Es lag bei ihr, wann etwas soweit war.

Oder er hat nie um eine solche Entscheidung gebeten, und sie haben über eine mögliche Zukunft zu zweit nie nachgedacht. Hatte sie sich nicht immer lustig gemacht über Erwartungen von einer GANZ ANDEREN EXISTENZ und über blind getroffene Entscheidungen nur gelacht, Gefühlsüberschläge, wenn sie sie in einem Film sah: als ob es was änderte, mit jemandem fortzugehen. So hievte man doch nur einem anderen das eigene Leben auf. Als könnte das eine Rettung sein.

Sie saß und wartete. Sie sah den Kindern beim Reiten zu, beim Tanzen und Klarinettespielen, beim Basteln und Schwimmen. Sie saß auf Turnbänken, Kisten, Schemeln, stand am Zaun und wartete, daß es vorüber war, die Stunde, der Kurs, das Stück, das Training, die Schule.

Stand eins der Kinder nur in der Tür, wurde es sofort gefragt, worauf es Lust habe.

Bevor die Familienpackungen mit Fischstäbchen oder Speiseeis aufgebraucht waren, hatte sie schon Nachschub besorgt.

Nachts stand sie dreimal auf, um die Katze ins Haus hinein- und wieder in den Garten hinauszulassen. Sie hörte sie schon, wenn sie sich in der nächtlichen Stille nur leckte vor der Terrassentür. Kam das Tier nicht gleich hinein, wartete sie jedesmal, bis es sich dazu entschloß.

Wie lange würde man sich bereithalten müssen, und dann: wofür? Diese Spannung, die nicht loszukriegen war. Diese Momente, in denen sie in Katalogen blätterte, Mode, Einrichtung, aber nur kurz, *für zwischendurch*, und immer mit einem ironischen Kommentar darüber, daß sie es tat. Sie war ihr eigener Therapeut: *Ich weiß schon.* In Frauenzeitschriften zuerst die Buchempfehlungen. Und bei alldem diese übergroße Wachheit, wie auf dem

Sprung, nie ein Zurücklehnen, nie habe ich sie so gesehen: die Hände genießerisch im Nacken verschränkt.

Es heißt, man könne Ereignisse noch einmal stattfinden, Personen auferstehen lassen, indem man sie beschreibt. In Wahrheit aber ist das Ergebnis dieses Aufschreibens fast immer eine Ratlosigkeit, mit der man zusieht, wie da jedesmal ein ganz anderer auferstehet und das Ereignis, das stattfindet, ein gänzlich anderes ist. So wird zum Beispiel das, wovon ich hier nicht spreche, vollends ausgelöscht, indem ich es beiseite lasse. Bald schon werde ich mich an meine Schwester nur noch in den Szenen und Gedanken erinnern, wie ich sie hier notiere: Erinnern ist eine Art zu vergessen.

Sie hat ihm also nichts gesagt, bei diesem letzten Besuch von ihm.

Wie jedesmal, wenn sie sich trafen, war ihre Verabredung auch diesmal schon ein paar Tage alt. Gegen Mittag noch einmal eine knappe Bestätigung am Telefon, sie waren vorbereitet. Alles war wie sonst. Vielleicht hat sie kurz überlegt, als sein Wagen vor der Tür stand. Sie mag einen Augenblick lang gezögert haben, ob sie ihrem Liebhaber erzählen sollte, ob sie ihm sagen sollte, daß – ja, was? Sollte sie ihm sagen, daß der Ehemann hilflos das

Haus verlassen hatte nach ihrer Entscheidung, dieser, wie ich inzwischen weiß, seltsam ruhigen Verkündung abzureisen? Daß sie nach seinem Weggang ein paar Stunden lang Ordnung gemacht, eine Schublade mit Socken ausgeräumt und das eingetrocknete Schminkzeug aus der Kommode im Flur entsorgt hatte? Sollte sie ihm erzählen von dem weggeworfenen Kram?

Der Soldat war, wie sonst auch, im Wagen sitzen geblieben und wartete auf sie. Während sie sich die Jacke überzieht und abschließt, dieses Haus abschließt, sieht er ihr entgegen. Sie beeilt sich hinauszukommen, steigt schnell zu ihm in das Auto. Als sie dann neben ihm sitzt, lacht sie leise auf. Sie benahm sich, als wäre es noch immer eine Schuld, so zu einem Fremden einzusteigen, rasch an den Häusern vorbei, und den Kopf vor den Nachbarn wegzudrehen. Sie tat all das längst *automatisch*.

Sie dachte, er würde es sofort bemerken. Könne ihr ansehen, was vorgefallen war. Daß er diese gewisse Ermüdung in ihrem Gesicht lesen werde. Aber er ist nur glücklich, als er sie so sieht – hatte sie denn nicht aufgelacht? –, und greift sofort nach ihrer Hand, legt sie auf den Schaltknüppel und läßt seine darüber. Während sie sich wortlos entfernen, schaltet er rauf und runter, unablässig bewegt er seine Hand über der meiner Schwester. Nur das. Als hätte er es gerade so ausgehalten und nun müsse irgend etwas her von ihr, schnell, unverzüglich, zum Beispiel diese Hand.

Bei unserem letzten Gespräch hat sie nicht gesagt, ob es in diesem Augenblick war, aber ich glaube, es war da, in diesem Moment. Daß sie beschließt, ihm nichts zu erzählen von ihrer Absicht, ihn nicht mehr zu sehen. Und auch nichts von allem anderen. Daß sie sich für das Spiel entscheidet. Es soll noch einmal stattfinden wie sonst. Sie wird diesen Nachmittag wie immer, als etwas Altes, Verbotenes mit ihm verbringen. Nichts soll geschehen sein.

Es geschah nicht anders als sonst. Ihre nach vorn gerichteten Blicke, dieses Zeremoniell, erst mal zu schweigen. Solange sie durch den Ort fuhren, wahrten sie Abstand, unbeteiligt und ein wenig steif saßen sie nebeneinander, vor sich die Straße. Kein lautes Hallo, kein Kuß, nur ihre Hand, die sie ihm stumm und ohne hinzuschauen überließ, wie wenn sich zwei in Gesellschaft unterm Tisch berühren. Zwischen ihnen die gewohnte Erwartung aufeinander, die für meine Schwester an diesem Tag eins geworden sein muß mit ihrer Erschöpfung.

Hörte die Alarmglocke in ihr jedesmal auf zu schlagen, wenn sie mit ihm zusammen war? Dies innere,

hastige Pochen bei gleichzeitigem Zeitlupenlauf –
die so unruhig verschleppten Tage? Ich weiß nicht,
ob es mehr als Ablenkung gewesen ist, das Zu-
sammentreffen mit diesem Menschen, der hin und
wieder bei ihr erschien. Ob überhaupt einer der
Grund für etwas in einem anderen sein kann.
Trotzdem: So muß es, soll es gewesen sein. Ein
kurzes Aufflackern, Aufwallen, ein letztes Mal.
Aber schon verwechsle ich sie, ihre Ausführlichkeit
bei unserem Gespräch und meine Vorstellung von
ihr. Was sie mir erzählte, vermischt sich schon mit
allem, was ich von ihr weiß. Meine Beschreibun-
gen zementieren, und zugleich schließt der Wort-
zement das wirklich Geschehene unter sich ein.
Die Angst, daß das Falsche sichtbar bleibt, kann nur
die Phantasie zersetzen.

Sie fragte als erste. Hatte er eine Dienstreise vor-
getäuscht? Er sieht sie noch immer nicht an: Eine
Fortbildungsmaßnahme, sagt er. War das überhaupt
möglich bei seinem Beruf? Er zuckt verlegen die
Schultern. Sie waren nicht höhnisch in Bezug auf
ihre Lügen.

Und sie, sie hatte ihn diesmal direkt vors Haus
kommen lassen, also waren alle ausgeflogen? Sie
wendet sich gleich ab. Der Große wohnte ohnehin
seit kurzem im Lehrlingswohnheim.

Sie spürt eine Anstrengung, als finge der mu-

70

tigste Teil ihrer Unternehmung erst in diesem
Moment, in diesem Wagen, an, und blickt nach
draußen.

Aber er achtet nicht auf ihre Mattheit, sondern lacht nur über diesen Wortwechsel, wie unter
Geschäftsleuten.

Er schlägt vor, ans Wasser zu fahren. Richtung
Stettiner Haff. Hatte sie soviel Zeit? Diese sonst
so selbstverständliche Frage! Zeit. Wenn sie zum
Abend zurück sei, reiche es wohl. Sie räuspert sich,
sie würde nicht den ganzen Nachmittag so ge-
dämpft sprechen können. Noch einmal also: Ja,
dann dürfte es reichen.

Da hält er, schon außerhalb des Ortes, am Straßenrand. Zieht sie wortlos zu sich heran, wühlt sich
an sie, küßt sie.

Sie läßt sich aufwecken davon, läßt sich umklam-
mern und schlingt ihrerseits die Arme um seinen
Hals wie ein Kind, ein wenig zu übertrieben, stür-
mischer als sonst, sie merkt es sofort.

Er lacht, noch immer an sie gekrallt. So daß ihm
ihr Gesicht entgeht, das mit einemmal zu pulsen
begonnen hat. Doch selbst wenn er es nicht sah,
er muß es gespürt haben, das Blut, das ihr in die
Wangen geschossen war und pulste, dicht an seinem Mund.

Ihr Puppengesicht. Es war nicht über die Maßen
schön, aber wenn man es ansah, verspürte man den

unwillkürlichen Drang, es zu berühren. Nur einmal mit der flachen Hand darüber streichen. Sie wußte von dieser Ungeduld, die selbst Fremde überfallen konnte. Als Kind hatte ich gesehen, wie ein Lehrer, mit dem sie im Flur der Schule sprach, es plötzlich tun mußte. Es war verwirrend, ein Zwang, ein Automatismus: Kurz strich er über ihre Wange, um seine Hand, erschrocken über diese unverzeihliche Geste, sofort wieder wegzureißen. Sie war instinktiv zurückgewichen, aber nur mit dem Körper, nicht mit dem Kopf. Eine seltsam gegenläufige Bewegung. Aus Höflichkeit vielleicht oder Scham, sich zu verraten, ließ sie ihr Gesicht vorn, trat aber gleichzeitig zurück, so daß der andere wie hilflos mit dem nutzlosen Gegenstand, den man ihm in die Hand gedrückt hatte, dastand.

Auch eine Ohrfeige habe ich sie einmal so entgegennehmen sehen.

Während sie in der Nähe anderer Menschen auf diese Weise oft erstarrte, bevor sie sich abwandte, gibt es mit dem Soldaten nur vollkommene Gelassenheit. Kein innerliches Zurückweichen, aufmerksam und bereit läßt sie den Kopf nach hinten fallen, die Augen geöffnet, damit sie sieht, wie er ihr Gesicht in beide Hände nimmt.

Sie fahren wieder. Ihr fällt ein, was er ihr einmal gesagt hat, auf einer Fahrt wie dieser. Daß er bedaure, nicht mehrere Leben zu haben. Leben, die er – wäre es möglich – jeweils ganz und gar einer Person widmen würde. Ihr, zum Beispiel. Anstatt sich immer zu zerreißen zwischen den Ansprüchen. Ansprüchen? hatte sie gelacht. Er meine wohl Frauen. Damals war sie froh gewesen, daß er ihren scherzhaften Verdacht entsetzt zerstreut hatte. Jetzt kommt ihr der Gedanke daran nur noch wie eine heitere Nebensächlichkeit vor, die sie zurückläßt wie das, was außerhalb des Wagens an ihnen vorüberzieht.

Wie sich die Landschaft in der kurzen Zeit verändert hatte.

Man sah den leeren, auseinandergezogenen Dörfern an, daß fast keine Bauern mehr lebten hier. Zwar waren die meisten Häuser nicht verfallen, wurden aber nur wenig genutzt. Mit den Jahren hatten einige Hauptstädter Gefallen an der Gegend gefunden: Hier und da waren die alten Fischerkaten in Wochenendhäuser verwandelt worden. Man erkannte es an den Keramikfiguren, den bunt gestrichenen Türen, an den albernen, unpraktischen Bänken davor. Nur ganz selten noch stand ein alter Mensch mit einem Gartengerät am Zaun und sah dem vorbeifahrenden Auto nach, in dem meine Schwester mit dem Soldaten an diesem Tag dem Haff entgegenfuhr.

Der Brief war kurz vor mir angekommen. Als ich aus Asien nach Hause zurückkehrte, wartete nicht nur die Nachricht von ihrem Tod auf mich, da schon eine Woche alt, sondern auch ein Brief, den ich mit Rechnungen und kostenlosen Lokalzeitschriften aus meinem Briefkasten nahm. Er war von ihr. Sie hatte ihn am zweiten Tag nach ihrer Ankunft in New York geschrieben. Es war nicht eigentlich ein Brief, sondern eine Klappkarte mit einer weißhäutigen Frau vorne drauf, ein Gemälde von Gerard David, einem flämischen Maler, wie auf der Rückseite zu lesen war. Auch der Titel des Bildes stand dabei, *Madonna mit der Milchsuppe*. Offenbar war sie in einem Museumsshop gewesen. Das Jesusbaby auf dem Schoß, saß die blasse Frau an einem Tisch, vor sich das Schälchen Milchsuppe. Ohne zu erwähnen, was zu Hause vorgefallen oder warum sie aufgebrochen war, zählte sie seltsam steif auf, was sie den Tag über getan hatte. Ein Besuch im Planetarium, ein Schuhkauf. *Welche Dankbarkeit man früher empfunden hätte, hier zu sein. Peinlich. Als seis schon der Gipfel von dem, was einem geschehen kann. Die Leute hier haben recht, wenn sie sich für solche Albernheiten nicht interessieren.*

Zuletzt schrieb sie, jemand habe sie angesprochen, dort in New York. Nein, nicht angesprochen, der Mann hatte im Vorbeigehen etwas zu ihr gesagt, er hatte sie angesehen und zwei Sätze vorgebracht, die sie verstanden hatte, obwohl es weder Deutsch noch Englisch gewesen war. Eine kurze Bemerkung am Rand nur, die sie heiter gestimmt haben muß, oder sie staunte darüber.

Erst das, und nicht die Aufzählung ihrer scheinbar touristischen Aktivitäten, hat bewirkt, daß sich das Bild meiner Schwester schließlich verändert hat.

Während ich mich Wochen später über das Gelbe Meer, die Mongolei und die Taiga Europa genähert hatte, dachte ich später an diesem Tag, war dieser Brief aus Richtung Nordamerika vermutlich über Grönland hierher transportiert worden. Der Flugverkehr über den Atlantik wird zum Nordpol hin gelenkt, so nutzt die Luftfahrt die Erdwinde aus.

Die Madonna mit dem Kind auf dem Schoß vorn auf der Karte war kein Rätsel, auch keine Kuriosität. Neben ein paar Büchern hatte sie solche Bilder gesammelt. Sie suchte nicht danach, aber fand sie eins, auf einem Trödelmarkt, in einem Bildband, nahm sie es mit oder ließ sich von irgendwoher eine Reproduktion schicken. Manches rahmte sie ein. Die Bilder stammten oft aus dem 19. Jahrhundert, der Zeit des Impressionismus, als das Kind neu erfunden wurde für die Malerei: Kinder in der Wiege, Kinder beim Spielen, bei der Schmetterlingsjagd oder am Strand, Mohnfelder mit einem weißen Fleck darin, dem Kind.

Ich hatte ihr ein ganzes Buch mit Farbtafeln solcher Gemälde geschenkt: *L'art d'être mère.* Es war, als gestatte ihr das Motiv diese Leidenschaft, als rechtfertigten die Kinder auf den Bildern die Beschäftigung mit der Kunst. So entfernte sie sich nicht allzu weit, sie sah auf diesen Bildern ja immer nur ihr eigenes Leben an.

Der Glutkopf der Madonna, die weiße errötende Haut. Diese Frau, mit dem zappelnden Jesusbaby auf dem Schoß, die den Blick senkt, aber nicht demütig, eher so, als wisse sie mehr als jeder, der sie ansieht.

Der Annahme zum Trotz, daß alles, was aus der Hand Verstorbener stammt, plötzlich heilig wird oder sich wenigstens in eine Wichtigkeit verwandelt, habe ich diesen Brief nicht sorgsam aufbewahrt. Ich habe ihn zerrissen. Dreimal habe ich ihn gelesen, Wort für Wort bin ich durch ihn hindurchgekrochen, um ihn schließlich zu zerreißen, ich habe ihn zerkleinert, bis er nicht mehr war als graublaurotes Papiergeschnetz. Ich fühlte mich, als wäre ich gemeint, bei diesem Anblick. Ich war das Kind, das da so unruhig hockte und nach dem Löffel griff. Und sie, mit diesem Blick vor der Schüssel, in der die Milchsuppe schwimmt.

Wenn sie früher mit dem Soldaten ans Haff gefahren war, hatte sich meine Schwester bemüht, die Stunden zwischen den Fähren abzupassen, um nicht jemandem aus der Nachbarschaft über den Weg zu laufen.

An diesem Tag aber hat sie auf die Uhrzeit vermutlich nicht geachtet, die Abfahrts- und Ankunftszeiten der Haff-Fähre gehen sie schon nichts mehr an. Ihr Blick ist nur noch aus Gewohnheit der eines wachsamen Tiers.

Und so nimmt sie es hin, daß an diesem Tag, als sie mit ihrem Liebhaber den winzigen Hafen betritt, die Fähre anlegt. Sie rennt nicht davon, sie zieht den Soldaten nicht zurück zum Wagen, sondern drängt sich nur eng an ihn, daß er seinen Arm um sie legen muß. Sie lassen die Menschen, die von Bord gehen, an sich vorüberströmen, die Menschen, die inzwischen selbstverständlich von einem Staatsgebiet in das andere wechseln, um auf dem steuerfreien Gewässer Alkohol, Zigaretten und Schokolade zu kaufen. Der Dampfer ist nicht mehr als ein schwimmendes Kaufhaus für sie, das sie wie für ein Spiel hinausfährt und wieder zurückbringt, nach Hause.

Die feindselige Miene meiner Schwester, als sie das sieht. Sie drückt ihr Gesicht in die Jacke des Soldaten. Mit dem Mund an seiner Schulter flüstert sie ihm zu, daß sie ihn schrecklich findet. Diesen

Anblick. Den Anblick der Einkaufstüten, der prall gefüllten, buntbedruckten Plastikbeutel. Daß sie nicht hinsehen kann. Sie schämt sich, als hätte sie es zu verantworten, als wolle sie sich entschuldigen, daß sie ihm das hier nicht ersparen kann.

Sie will noch immer, daß sie beide das Gegenteil sind. Die Möglichkeit eines Gegenteils.

Sie müssen etwas anderes sein als diese Herde, die wortlos an ihnen vorüberzieht, sonst wäre alles Erhabene nichts, und ihre Liebe all die Jahre über hätte nicht den geringsten Sinn.

Das Haff, das falsche Meer. Nirgendwo sonst auf der Welt habe ich später solch eine Wasserober-fläche gesehen, unbeweglich, grau. Ein Gefühl von Betrug. Wirkliche Meere leben von der Idee der Gewalt, des Ungeheuren. Daß man hier flüchten könnte wie über den Atlantik, die Ostsee – un-denkbar.

Als ich das letzte Mal dort war, fiel ein gleichmä-ßiger Nieselregen. Feine Nadeln, die senkrecht in den Spiegel aus Quecksilber drangen.

Die Menschen sind wieder verschwunden. Sie ha-ben ihre Einkäufe in den Autos verstaut und sind abgefahren.

Der Soldat verläßt mit meiner Schwester den Quai, an dem die Fähre auf den Nachmittagstermin wartet. Das Ufer hier ist kein Strand, sondern eine Wiese. Träge schwappt das Wasser neben ihnen. Ihm fällt ein, daß er damals, als sie sich kennengelernt hatten, ein einziges Mal mit ihr schwimmen war. Nicht hier, im Haff, sondern hinter dem Ort, in einem der tiefen Seen, die wie absichtlich versteckt im Grenzgebiet lagen. Es war ein weiter Fußmarsch gewesen dorthin, zwischen Maisfeldern und Futterwiesen hindurch. Er hatte geschwitzt unter der Uniform, die die Soldaten auch im Ausgang tragen mußten.

Sie erinnert sich. Sie waren allein gewesen am See. Hatten sich auf den Boden unter den Nadelbäumen nebeneinander gelegt. Und dann hatte er sie plötzlich gebeten, ihm die Hände mit seinem Gürtel zusammenzubinden, er wollte gefesselt ins Wasser gehen. Eine alberne Mutprobe, ein Beweis. Er würde sich befreien und zurückschwimmen zu ihr. Ein Kunststück, vielleicht. Alles mußte passieren in diesen kurzen ausweglosen Stunden, fieberhaft wurde versucht, ein panisches Gefühl in Liebe zu verwandeln, in etwas, das einem hinweghalf über die Kasernenzeit, über die Zeit ganz allgemein. Diese Zeit, an diesem Ort. Die plötzliche Hast inmitten des unendlich trägen Flusses, der auf nichts hinauszulaufen schien. Und meine Schwester, mit diesem Menschen, diesem Gefangenen, der sie angebettelt hatte.

Einen Moment lang lächelt sie beim Gedanken daran. Sie war stumm liegengeblieben, aber er hatte nicht aufgehört zu bitten, so daß sie schließlich tat, was er verlangte: Sie hatte ihm den Gürtel um die Handgelenke geflochten und ihn sogar gestoßen, damit er ins Wasser fiel.

Sein keuchendes, stolzes Gesicht, als er ans Ufer zurückgekehrt war.

Bei alldem sei sie so ruhig gewesen, sagt er jetzt. Er tut, als versetze ihm ihre Gelassenheit damals einen späten Stich. Wenn er nun untergegangen wäre. Wenn er nicht am Leben geblieben wäre.

Meine Schwester überlegt. Er habe sie doch angefleht, ihn zu fesseln. Das tue doch bloß einer, der etwas vorführen will, was er schon kann. Ist das Risiko?

Der Soldat lacht. Hat sie ihn damals tatsächlich durchschaut, oder sagt sie das erst jetzt?

Sie hat es vergessen.

Sie hat also keine Angst um ihn gehabt? Gespielter Vorwurf, und genauso spaßig lenkt sie ein, doch, natürlich. Aber dann lacht sie über diese Halbherzigkeit. Nein, sagt sie, ich glaube, ich habe tatsächlich keine Angst gehabt.

Keine Ausbrüche. Die täglichen Regeln und vorgeschriebenen Abläufe hatten nie Wutgeschrei hervorgerufen. Es war eine andere Art, mit der man sich dagegen wehrte, auf eine höhnische, gleichgültige Weise dem Leben gegenüber. Eine Art Notausgang, über den man sich nicht verbreitete, der niemanden etwas anging. So daß selbst das Auseinandergehen, der Tod, später noch nach den Regeln des Erlernten geschehen würde, nicht hysterisch, sondern ruhig. In gewisser Weise gehorchend.

Wie er da steht. Mit seiner glücklichen Art, jedesmal, wenn er bei ihr war. Bei ihrem ersten Wiedersehen hatte er noch geglaubt, er müsse darüber reden, über dieses Glück, müsse ihr erzählen, daß er nach seinem Militärdienst oft an sie habe denken müssen, daß sie für dieses Glück verantwortlich war. Bis meine Schwester die Stirn gekraust hatte: Wozu diese Reden, diese Zeremonien? Dachte er wirklich, er müsse so sprechen? Er hatte aufgeatmet damals, und eindeutige Gesten hatten die künstlichen Sätze von da an ersetzt.

Jetzt allerdings wird ihr klar, daß es nicht zu schaffen ist, diese Gleichheit zwischen ihnen, die verschwörerischen Blicke wie sonst.

Weil er weniger weiß als sie an diesem Tag. Weil die Ablösung schon stattgefunden hat.

Seine Freude. Meine Schwester ist schon nicht mehr wie sonst ein Teil davon. Wie auf einem Röntgenbild sieht sie sie ihm heute an. Dieses Durchdringen des anderen, das plötzlich passiert und von dem man weiß, daß es das Zeichen fürs Ende ist. Wie mühsam es wäre, das jemandem zu erklären, ganz unmöglich und unnütz, noch dazu ihm. Jetzt ist sie sich sicher, daß sie über das, was sie vorhat, kein Wort verlieren wird. Statt dessen atmen, versuchen, gedankenlos zu bleiben. Sie wird sich und ihm zusehen, noch einmal an diesem Tag. Sich ans Berauschtsein erinnern.

Sie läuft ihm ein wenig davon, immer ist sie ein Stück vor ihm oder bleibt abrupt stehen, so daß er Mühe hat, mit ihr zu gehen. Doch nichts stört ihn, er fragt nicht nach, warum diese Unruhe, er wird dies Fahrige ganz einfach für Lebendigkeit gehalten haben. Und tatsächlich hängt sie sich ja schwungvoll an ihn, zieht ihn plötzlich in Richtung seines Wagens zurück. Will sie schon wieder nach Hause? Sie sieht seinen kleinen Schrecken, fängt an zu reden, damit er aufhört, sie so forschend anzusehen.

Und dann diese Idee. Ohne daß sie bis eben selbst davon gewußt hat, will sie mit ihm in die alte Siedlung fahren. Dorthin, wo sie gewesen ist, als es mit ihnen angefangen hat.

Warum dieser Wunsch, an diesem Tag, noch einmal in die Siedlung zu fahren?

Ich bin mir sicher: Nur weil sie wußte, daß sie von alldem hier weggehen würde, ertrug sie die

Ruinen an diesem letzten Tag. Sie hatte schon aus der Zeitung erfahren, daß man die Siedlung abreißen wollte, war aber nicht hingefahren, um sich das Schauspiel anzusehen. Und für die täglichen Einkäufe kam man dort nicht vorbei. So geschah das Verschwinden beinahe unbeobachtet, in einer gewissen Entfernung zum übriggebliebenen Ort.

Als meine Schwester mit dem Soldaten, still neben ihm, in die Siedlung hineinfährt, scheint jemand den Gang der Dinge, den Film gestoppt zu haben. Der Abriß, an diesem Oktobertag, ist noch nicht beendet, die Auslöschung noch in der Schwebe. Kein Arbeiter zu sehen, ein paar Maschinen stehen zwischen den nutzlos gewordenen Häusern herum, als wäre heute ein Feiertag oder eine kurze Unterbrechung der Arbeit, für die man das Werkzeug einfach aus der Hand fallen ließ. Es konnte auch sein, daß plötzlich das Geld ausgegangen war, die Kassen leer, um die Zerstörung wirklich zu vollenden.

Dieser seltsam halbfertige Anblick ist es, der für meine Schwester alles wieder so aussehen läßt wie zum Zeitpunkt unserer Ankunft in der Siedlung, dreißig Jahre zuvor. Das Ende hatte die gleiche Gestalt wie der Anfang.

Damals hatten die Familien schon die Wohnungen in Beschlag genommen, als man die Häuser noch baute. Während man die quadratischen Plat-

ten noch übereinander gefügt und Fenster eingesetzt hatte, stieg man auf Holzbohlen über den Sand
zu den Eingängen der Häuser. Der Sand vor allem
war es, der die Kinder mit den sonst geraden Li-
nien, der Geometrie um sie herum versöhnt hatte,
sie vergaßen das Abgezirkelte, das Abweisende des
Betons, während sie sich durch den gelben Wü-
stensand in die Tiefe gruben.

Ist er nur höflich? Oder tatsächlich interessiert? Jedenfalls bittet er meine Schwester, ihm den Wohnblock zu zeigen, in dem sie aufgewachsen ist. Sie
zeigt auf ein Haus, bei dem die Fenster schon her-
ausgeschlagen sind, die Eingangstür vernagelt. Es
ist eines der letzten, die noch in ihrer vollen Größe
dastehen. Während andere schon Stockwerke verloren haben, geköpft und aufgerissen ihre Inne-
reien zeigen, steht dieses hier noch. Lädiert zwar,
ist es doch ein vollständiges Gehäuse. Im Innenhof
deutet meine Schwester stumm auf einen der vielen Balkone. Er schaut die hohe Wand hinauf.

Schließlich fragt er, halb im Ernst, wie diese
Häßlichkeit auszuhalten war. Diese Monstrosität.
Eine Frage, die er sich selbst stellt, denn er schüttelt schon den Kopf dabei. Als von meiner Schwester keine Antwort kommt, redet er weiter. Daß
all das hier weg müsse. Daß niemand es vermis-
sen wird, da Häßlichkeit nicht vermißt wird, wenn

sie fehlt, sondern aufatmen läßt. Wieder schweigt meine Schwester. Keine Zustimmung, kein Kommentar? Er sieht sie an. Sie hatte ihre Unzufriedenheit über *ihre Situation* immer freimütig ausgesprochen, hatte darüber geredet wie über eine Krankheit, mit der man sich arrangiert. Überhaupt erläuterte sie Ausweglosigkeiten vollkommen gelassen, oft wie höhnisch über sich selbst. Alles ließ sich in Worte fassen. Diesmal scheint es anders. Er kennt es nicht an ihr, dieses Gesicht, das sie da plötzlich zieht.

Daß all das hier nicht einmal heldenhaft zu Bruch ging!, muß sie gedacht haben, es lag ja nicht in Kriegstrümmern, stand vielmehr nur ausgehöhlt herum, um schließlich harmlos zu verschwinden. Aber: Hatte sie früher nicht selbst gesagt, daß diese Häuser nur Spötteleien zuließen, daß man sich herauswitzeln mußte aus diesem hingestellten Raum aus kahlem Beton?

Er geht ein Stück, sieht sich um. Schulterzuckend stellt er fest, daß alles hier nur Teil eines gewaltigen Prozesses sei, der in der ganzen Welt vor sich ging. Woanders versiegte ein Meer, Häfen wurden geschlossen, Bodenschätze gingen zur Neige, man legte Zechen still, Werke, Industrien verschwanden, aus Fischerdörfern wurden Urlaubsanlagen, ganze Städte versteppten.

Er dreht sich um nach ihr, merkt, daß es vermutlich keine Trostsätze sind, die er eben gesprochen hat.

Ihm fallen die paar Stunden ein, die er hat mit ihr.

Also versucht er, über die amputierten Häuser um sie herum zu lachen, er nimmt meine Schwester in den Arm, um das Lachen auf sie zu übertragen, wie bei einer Marionette greift er nach ihrer Hand und zeigt damit spottend auf die Wohnkloben. Aber erst als er sie in dieser menschenleeren Umgebung vorsichtig küßt und sie das sofort erwidert, kehrt sie zurück aus ihrer Stummheit. Ohne daß er es ahnt, hat er sie mit diesem Kuß daran erinnert, daß die Siedlung, das Unkraut im Beton nichts mehr bedeuten muß für sie. All das: nicht mehr als ein Freiluftmuseum. Und so läßt sie sich denn auch auf einen Trafokasten heben und zeigt wie eine Fremdenführerin in alle Richtungen für ihn: Schule, Kantine, Einkaufshalle. Nichts davon existiert mehr, aber sie sagt ihm einen Text zu jedem der Gebäude auf, als sähe sie die Leere nicht. Er stiert hin, auf diese kahlen Plätze, den Sand, das Ackerland. Und diese stierenden Augen treiben auch ihr endlich den Zug einer Lustigkeit ins Gesicht.

Als Kinder hatten wir an einem Manöver teilgenommen, einem künstlichen Krieg, in dem zwei, drei Mannschaften durch Häuserattrappen schlei-

chen mußten: herausgeschlagene Fenster in Beton-
fassaden, aufgestellte Wände, hinter denen nichts
lag, nur die schauspielernden Verletzten mit ihren
geschminkten Wunden, die darauf warteten, daß
Sanitäter sie aus den Kulissen trugen. Als meine
Schwester jetzt davon erzählt, als sie dem Soldaten
sagt, daß sie angesichts der ausgeschlachteten Häuser daran denken muß, will er plötzlich nichts mehr
wissen. Vielleicht erinnert er sich an andere Manöver, er redet nicht davon. Während sie mit einemmal in Schwung zu kommen scheint.

Sie erzählt von den Kellern. Aber da sie redet, als
stünde er zum ersten Mal vor solchen Häusern und
als wären sie nicht überall gleich gewesen im Land,
ist anzunehmen, sie erzählt es sich selbst.

Sie redet von den Eisentüren, den atomkriegs-
sicheren Kellerbunkern unter jedem Haus. Von
einem Spiel redet sie: wie man einen in den Gang
sperrte und die schweren Türen zuschob. Zu zweit,
zu dritt hängte man sich von außen an die Hebel,
zog sie fest herunter, so daß der andere verschlossen
im Dunkel saß, oft zu klein, um an den Lichtschal-
ter zu gelangen, wenn er überhaupt den Mut hatte,
nach ihm zu tasten in der Finsternis. Erst wenn das
Geschrei des Eingesperrten erstickt war, ließ man
ihn frei. Einmal, als sich die festverschlossene Tür
von außen nicht mehr öffnen ließ, lief man einfach weg.

Später waren die Lattenverschläge in den Gängen, die Fahrradkammern und Wäscheräume auch für was anderes gut. Man faßte sich ungestört an, man rauchte und trank, und manchmal, wenn einer allein weinen wollte, weinte er in diesen kahlen Räumen, in die man aus der Beengtheit der Wohnungen floh.

Seltsam – sie merkt es –, daß sie inzwischen so davon spricht, als wären es die Geschichten aller. Als hätte es sie selbst gar nicht darin gegeben. Versatzstücke eines Lebens, das allen gehörte, gleichmacherisch bis ins Blut der Erinnerung hinein. Sie kann nicht einmal mehr sagen, ob sie selbst eine dieser Varianten erlebt hat. War es nicht möglich, daß man ein Teil davon geworden war, weil, als es schon längst vorbei war damit, wieder und wieder davon erzählt worden war?

Er will hier nicht bleiben. Er will sie jetzt endlich anfassen, irgendwo. Nicht hier.

Er schlägt vor, noch einmal in die Umgebung zu fahren, da antwortet sie, daß sie diesmal etwas anderes will. Etwas anderes? Sie läuft ein Stück voraus, damit er ihr Gesicht nicht sieht, als sie sagt: Es gibt doch dieses Hotel im Ort.

Als sie die Siedlung verlassen haben und über die Kreuzung fahren, die die Einwohner Zentrum nennen, stoppt er den Wagen plötzlich. Vor ihnen die kleine Kirche. Diese Kirche, die mit einemmal fremd und klobig dasteht, wie irgendein Rest, der überdauert. Den man vergessen hat. Er schüttelt den Kopf. An eine Kirche im Ort erinnere er sich gar nicht, sagt er verwundert, auch an den Friedhof nicht. Sei man nicht jeden Tag, in dieser anderen Zeit, vorbeigelaufen hier? Vom Bahnhof zu den Kasernen, von den Kasernen zum Tanz, von der Siedlung zum Amt oder zu den Schrebergärten draußen an den Gleisen?

Und er? Meine Schwester lacht leise: Hatten die Soldaten damals nicht immer bloß zu Boden geschaut, vor Wut darüber, hier zu sein? Sie lacht, weil sie hier nicht stehenbleiben, weil sie nur noch leicht über all das hinweggehen will.

In Wahrheit war es keinem der Bewohner je in den Sinn gekommen, hineinzugehen, nicht ein einziges Mal. Gott war nicht vorgekommen im Ort, genausowenig wie der Tod, der nur ein Unfall war, ein seltenes Geschehen, eher Pech als Unglück, wenn es einen traf. Nur als Anekdote gab es ihn: Frau B. soll ihrem verstorbenen Mann ins geöffnete Grab nachgesprungen sein. Man hatte sie herausholen, stützen, nach Hause bringen müssen ... Eher Kopfschütteln als Lachen über soviel Unvernunft.

Es hatte immer nur das Leben gegeben, ein Leben, das in eine einzige Richtung geflossen war, zur Zukunft hin.

Erst jetzt, da sich der Ort allmählich geleert hatte, fiel die alte Backsteinmauer vor der Kirche auf, das spitze Portal. Davor ein Schild. Irgendwer, eine Gesellschaft, ein Verein vielleicht, will das Gemäuer renovieren.

Wäre dies ein anderer Tag, meine Schwester säße ganz still, wie jemand, der nicht will, daß herausplatzt, was er denkt. Und der schließlich doch reden muß. Sie verabscheute die plötzliche Besinnung auf diesen uralten, historischen Kram überall im Land, all die wiederentdeckten Burgen, Schlösser, Kirchen. Diese Retter, die, weil es sonst nichts zu tun gab, seit ein paar Jahren auftauchten und alles retteten, was herumstand und historisch schien. Das doch immer das Falsche, das Unwichtigste war: Es hatte ja nichts mit ihr zu tun. Während das noch ganz Nahe, Letzte achtlos verschwand, wurde sich eifrig früheren Jahrhunderten zugewandt, man klopfte die roten Backsteine ab, strich Pfeiler und Bögen neu und fiel in eine alte Zeit zurück, in eine längst verbrauchte, tote Zeit. So war es ihr sonst vorgekommen.

Doch all das gilt nicht mehr, an diesem Tag.

Sie braucht sich nur abzuwenden, braucht ihre Hand nur auf seine zu legen und ihn mit dieser Hand zu erinnern, damit er weiterfährt, noch ein kleines Stück, dorthin, wo die Straße breiter wird, am Bahnhof vorbei, und schon fast hinausführt aus

90

dem Ort. Die Fenster der meisten Häuser sind von Rollos verdeckt. In den Vorgärten Astern, ab und zu ein später, blühender Busch. Als sie den schmalen, zugewachsenen Stadtbach passieren, fällt ihr auf, was für ein schöner Herbsttag es ist. Das Gras, sehr dunkelgrün, steht hoch, wie erstarrt, als hätten die Pflanzen den Moment des Welkens verpaßt.

Also noch einmal vorbei an der Tankstelle, die einsam und unpassend dasteht, vorbei an der ehemaligen Poliklinik, der behelfsmäßigen Bibliothek.

Daß ihr die Stadt an diesem Tag entgegentrat wie ein Hindernis, muß meine Schwester gedacht haben. Daß sie sich aufspielte, als wolle sie noch einmal mit allem vorbeimarschieren. Obwohl es fast nichts mehr gab hier, war das Wenige noch zuviel.

Oder es liegt an mir. An meinem Eindruck, der Ort schiebe sich vor, und meine Schwester wäre nur seine Botschafterin. Als seien ihre beiden Geschichten vermengt, und ihre hätte in gar keiner Weise woanders stattfinden können.

Aber er ist kein Hindernis mehr, wieso sollte sie sonst lächeln? Sie sieht: Alles hier ist pünktlich zu Ende gegangen, pünktlich zu ihrem Weggang. Alles ist in der Ordnung, es kommt ihr plötzlich vor, als hätten sie und der Ort sich abgesprochen, um sich zusammen davonzumachen. Ja, so soll es sein: Darüber wird sie gelächelt haben.

Es ist das erste Mal, daß sie ins Hotel im Ort will
mit ihm. Ich höre ihre Stimme, mit der sie es aus-
spricht. Ein Punkt auf der Tagesordnung, so verkündet sie ihm ihre Entscheidung. Derselbe Ton,
mit dem man jemandem klarmacht, daß verwun-
dertes Fragen zwecklos ist, daß man nicht antworten
wird.

Sie sitzen im Wagen. Zögerlich wie einen Ver-
kehrsgarten durchquert er den Ort. Sie spürt, wie
er ihren Blick sucht, ihren Gesichtsausdruck er-
raten will. Ihr Vorschlag verwirrt ihn: keine Angst,
wie sonst, kein Sich-Wegducken, die verschämte
Hastigkeit? Sie war so gelöst und gleichzeitig abwesend. Als sie weiter den Kopf von ihm weggedreht
läßt, nur ihre Hand über seiner, fragt er tatsächlich
nicht weiter.

Das Hotel ist kein richtiges Hotel. Für den kleinen
Ort wirkt es monströs, Verwaltungsgebäude sehen
so aus. Es gibt kein Klavier darin, kein Restaurant,
nicht einmal eine Bar. Inzwischen beherbergt es
polnische Arbeiter, die im Sommer herüberkom-
men, um als Erntehelfer zu arbeiten, manchmal
auch Gäste von runden Geburtstagen, seltener noch
Gäste von Vereidigungen.

Als meine Schwester an diesem Tag mit dem
Soldaten davorsteht, gräbt ein Bagger dicht an der
Hauswand die Erde auf. Reparaturen überall, sinn-

lose Verbesserungen, oder auch hier schon der Abriß. Das Geräusch ist gefährlich: Es könnte sie vertreiben, die Lust auf diese seltsam inszenierte Über-
schreitung, die längst auch den Liebhaber meiner
Schwester erfaßt hat. Die Banalität des alltäglichen
Lärms könnte sie daran erinnern, was für ein Ort
dies hier ist. Er faßt sie um so heftiger an, hier, in
aller Öffentlichkeit faßt er sie am Arm, rückt an
sie heran, sucht ihren Nacken. Ruckartig macht sie
sich los von ihm und geht hinein.

An der Rezeption dann schweigt sie, trotzig war-
tend, daß man ihr einen Zimmerschlüssel reicht –
was sonst sollte man in einem Hotel wollen? –, aber
nichts geschieht. Die Scham, als sie schließlich doch
ihren Namen nennt, ganz überflüssig, zu ihrem ver-
trauten Gesicht nun auch noch der Name!, sie wartet, sagt nur ihren Namen, ortsbekannt. Eine Re-
servierung? Noch einmal schweigt sie, bevor sie es
fordert: ein Zimmer. Er sieht ihr von draußen zu,
sie amüsiert ihn, er empfindet Bewunderung. Etwas anderes noch als sonst. Sie merkt es. Zum letzten Mal steigt ihr das Blut in den Schädel, als müsse
sie noch immer alles verbergen. Schweigend nimmt
sie es hin, noch einmal. Man gibt ihr ein Zimmer
im Erdgeschoß.

Die meterhohen Wände im Zimmer lassen an ein
Schwimmbad denken, an Sanatoriumsräume viel-

leicht. Die abweisenden Lackmöbel sind derart, daß meine Schwester und der Soldat eine Weile ratlos herumstehen. Fast ist es zum Schämen, dieses Bett vor ihnen, durch dessen Mitte ein breiter Spalt läuft. Die Unschlüssigkeit, was mit diesem sauberen, kahlen Raum nun anzufangen war, wuchs, jede Sekunde machte ein Übereinanderherfallen unmöglicher. Sie retteten sich in ein paar Scherze.

Dann aber, beinahe verärgert, als würde jemand mit diesem Bühnenbild ihren Plan stören wollen, als dränge sich schon wieder alles vor und gegen sie, zieht meine Schwester den Soldaten zu sich heran, nein: Sie stößt ihm ihren Mund regelrecht ins Gesicht.

Wie man jemandem eine Gabel ins Gesicht rammt, küßt sie ihn.

Jeder Aufschub war lächerlich. Immer wieder dieses Spiel, die Zeremonien. Wie stark es geworden war, unabwendbar, das Gefühl, daß man Zeit verlor dadurch. Zeit. Aber wenn: verlor, dann um statt dessen was zu tun? Was?

Für ihn ist ihr Ungestüm nicht mehr als eine Explosion aufgestauten Begehrens. Ihr aber ist wieder zu Bewußtsein gekommen, daß sie eine Grenze überschritten hat, daß sie weiter ist als er. Fast zuckt er zurück bei ihrer hemmungslosen Art. Als jemand am Fenster vorbeigeht, tastet er sich rückwärts durch den Raum, um die Vorhänge vorzuziehen, tastend, denn er läßt ihren Körper, ihr Gesicht nicht los dabei.

Die geschlossenen Vorhänge verwandeln das Zimmer gänzlich in ein trübes Aquarium, auf dessen Grund das Bett steht. Flach und kalt. Das gleichförmige Geräusch des Baggers, als wolle es die beiden Körper herausreißen, wieder und wieder, aus dem Luxus ihrer Abgekehrtheit.

Nachmittags, an einem Wochentag.

Er bittet sie doch zu warten, schiebt sie sogar wieder ein Stück von sich. Aber meine Schwester, die weiß, daß sie sonst zu reden anfangen müßte, über alles, ihre Entscheidung, von der er nichts ahnt, drängt sich wieder an ihn und drückt ihr Gesicht zurück gegen seins, damit er still sein muß. Er zieht sie am Haar und zwingt sie, nach oben zu schauen, zu ihm. Sie sieht seine Erleichterung. Darüber, daß sie lächelt, daß hier kein Drama stattfindet, daß ihr seltsam stürmisches Verhalten an diesem Tag nichts zu bedeuten hat. Nichts muß ihm angst machen, kein bittender Ausdruck, keine Frage.

Sie windet sich aus seinem Griff heraus, sie will keine rätselhaften Blicke wechseln, sie will gar nichts sehen von ihm, an diesem Tag. An seinen Körper will sie sich als Gewicht erinnern, so sagt sie es ihm, als Gewicht will sie ihn an diesem Tag bei sich haben, als Form, die sie in der Hand halten kann. Er versteht. Erregt von dieser Anzüglichkeit läßt er sich aufs Bett fallen, wie jemand, der einem Angriff nichts mehr entgegenzusetzen hat.

Ich bin sicher, sie kostete es aus, zum letzten Mal. Sie findet noch einmal Gefallen am Zustand der Heimlichtuerei, an den sie sich schon zu erinnern beginnt. Den sie beinahe schon spielen kann. Wenn jede Geste, jede Bewegung eine verschworene ist, jedes Wort ein geflüstertes. Als gälte alles einem Plan, den man zu zweit erfindet. Nur diesmal begleitet von einer Stille, innen, in der man sich ruhig zusieht. In der sie sich schon zusah, bei allem.

Ich bin sicher. Ich nehme an. Vielleicht.

Wenn sie sich ihm so atemlos näherte, so wildwütend, dann um nicht denken, nicht sehen, nicht hören zu müssen. Die Heftigkeit, mit der sie ihn bedrängte, mußte stärker sein als die alles einhüllende Hilflosigkeit, sie mußte sie ihr Vorhaben vergessen lassen. Mußte so sein, daß eine Weile lang nur Gegenwart war.

Wie sie ihrem Liebhaber an diesem Tag nichts von der Entscheidung sagte, ihn aufzugeben, wie sie ihm verschwieg, daß er das letzte Mal bei ihr sein würde, verheimlichte sie mir ihren wirklichen, entscheidenden Entschluß. Das Zimmer eines Privatvermieters in New York war zuvor über eine deutsche Mitwohnagentur gebucht worden. Sie war abgereist, um zu sterben. Doch mit dieser Sicht auf die Dinge, die geschehen sind, stehe ich allein. Gegen alle anderen, die noch immer behaupten, der Verkehrslärm der Stadt, das Schüttern der Klimaanlage, die beängstigenden Geräusche im Lichtschacht nebenan oder das Fahrstuhlgeräusch in dem gigantischen Appartementhaus in der 72. Straße ließen jemanden zu einem Schlafmittel greifen. So heiter und gelöst der Soldat an diesem Tag mit ihr zusammen war, so bedenkenlos hatte ich ihren Bericht über dieses letzte Treffen mit ihm hingenommen. In dem fröhlichen Glauben, ich sei eingeweiht, eine Mitwisserin jetzt, ihre Komplizin, während ich doch das Gegenteil war.

So müssen wir wohl beide, ihr Liebhaber genau wie ich, als ahnungslos in Bezug auf meine Schwester gelten.

Daß einer, der schon sehr müde ist, aufbricht und noch einmal weiterfährt.

Sie wird sich gedacht haben, daß es nicht dort stattfinden darf, ein mögliches Ende. Daß es zu beschämend wäre. Daß man eine Trennung der Orte vornehmen müsse, eine Trennung der Sphären. Genauso hatte sie jedesmal mein Angebot ausgeschlagen, sich mit dem Soldaten bei mir, auf halber Strecke also, zu treffen. Sie von Norden kommend, er von Süden. Als könne ihn die fremde, *irgendeine* Umgebung, entwerten, als würde sie in diesem Fall nur ratlos werden können, wenn sie mit ihm allein blieb. Mit ihm durch eine fremde Stadt zu spazieren hätte soviel bedeutet wie ein Kicherkrampf beim Küssen.

Auch Nachrichten von ihm zwischendurch wollte sie nicht, diese Häppchen, die das Verlangen am Leben hielten und die der andere doch nur losschickte, wenn er sich gerade ein wenig nutzlos vorkam. Sie machte sich über alles Romantische lustig. Nur manchmal, wenn sie allein am abgeräumten Eßtisch saß und las, ließ sie sich hinreißen, von einem Buch, einem *Fall*, der ihre Geschichte zu schildern schien. Dann erfaßte es sie. Eine Art Verzweiflung, bei der man sich die Wangen zerkratzen wollte, die Seiten des Buches ganz langsam herausreißen, sie sich einzeln in den Mund stopfen. Doch das behielt sie für sich. Nie griff sie kopflos zum Telefon in diesen Momenten. Was sollte ein anderer schon tun können? Mit Worten trösten, Worten!, wieder der verächtliche, beinahe böse Ton dabei.

Wie erbärmlich das Hotel ist, darüber könnte man sprechen, gäbe es nicht diese vollkommene Aufmerksamkeit für den Körper des anderen. Daß sie es natürlich vermutet habe, schon vom äußeren Anblick her, aber daß die Wirklichkeit alles überträfe. Als ob es auf solche Sätze ankäme.

Sein erstaunter Ausdruck, sie war gefaßt darauf. Natürlich mußte er sich wundern, als sie die Wucht seiner Erregung diesmal nicht bremste, sondern ihm ihren Körper geradezu hinhielt. Alles von sich hält sie seinen Zähnen hin. Ihre unbedachten Gesten, als würde nichts mehr gelten. Sie übergeht sein fragendes Gesicht, läßt sich zurücksinken und schließt bloß die Augen, wie man es von Filmplakaten kennt.

Bei früheren Treffen mit ihm war da stets eine stille Übereinkunft gewesen, was die Spuren ihrer Leidenschaft betraf, Verbote gegen sich selbst: Vorsicht, hier, hier nicht. (Kampfhunde mit Maulkörben fallen so übereinander her). Durch diese stummen, kleinmütigen Befehle bei jeder ihrer Umarmungen war alles unsichtbar geblieben, die Küsse, die Bisse: unsichtbar, alles. Für ihn aber gilt es noch. Also ist die schöne Wut am Leib des anderen diesmal einseitig, also bleiben an diesem Tag nur die Kratzspuren seiner Fingernägel auf der Haut meiner Schwester zurück.

Es wird so gewesen sein: Was sie während der

ganzen Zeit an diesem Tag schon gedacht hat, kann sie ihm jetzt nur durch ihren rücksichtslosen Körper mitteilen, in Worte gefaßt wäre es zu beschämend. Und unmöglich, ihm gegenüber. Wie schnell es ging, alles hinter sich zu lassen. Nur ein Gedanke, auf den man kommen mußte. Nur ein kurzer Entschluß, und schon verlor das, was sie früher Kraft gekostet hatte, seine Bedeutung, wurde es plötzlich wertlos, das Verbergen und Verstellen, die tägliche Hinterlist. Das vorgeschriebene Kleinklein. Eine einzige Lächerlichkeit.

Daß man jahrelang in der Lächerlichkeit leben konnte, wem war das zu erklären.

Sie mußte dieses ärgerliche Gefühl möglichst rasch verwandeln, sich davon entfernen. Als Gegenteil der Lächerlichkeit entstand aber nicht das Gefühl der Erhabenheit, sondern nur eine seltsame Gleichgültigkeit allem gegenüber.

In der Ehe hatte sie sich immer gefürchtet davor, an diesem Tag jedoch, mit diesem Mann, ist die Gleichgültigkeit die einzige Möglichkeit. Die letzte. Sie macht, daß sie sich dem Soldaten vollkommen überläßt, daß sie gedankenlos wird, irgendein Körper, der alles kann.

Die Jahre zuvor scheinen in diesem einen Tag zusammenzustürzen. Sah er was davon? Daß sich wie aufgestaut etwas entlud, was sonst so zaghaft, so verdreht und weggekrampft vollzogen worden war?

Das Wissen, daß längst etwas geschehen ist, während er nichts weiß davon, macht ihre Bewegungen nicht nur ungestüm, sondern leicht. Ein stummer Ausdruck für das, was sie entschieden hat.

Er ist ja schon nicht mehr dasselbe für sie.

Er hat schon aufgehört, seinen Platz in ihrem Leben auszufüllen. Wie sie ihn für sich (und mich) genannt hat, trifft nicht mehr zu. Für ihn ist dieses Zimmer an diesem Tag nicht mehr als eine Änderung im Programm. Unvorhersehbar, wunderbar, daß er einen kurzen Brüller ausstößt, mit dem er sie sich greift.

Er liegt wieder auf ihr. Nur sein Gewicht, nur das. Die Schwere fleischiger Pflanzen. Auf dem Rücken liegend schiebt sie sich unter ihm hervor, bis ihr Kopf über die Bettkante hängt, fast bis zum Boden läßt sie sich hinunter, so daß auf dem Laken nur noch ihr Körper liegt, weiß und leuchtend. Einen Moment lang versucht er, dieser akrobatischen Bewegung zu folgen. Er will bei ihrem Gesicht bleiben, so dicht am Fußboden, aber sie wehrt ihn ab, schiebt ihn wieder hinauf, zurück zu ihrem Körper auf dem Bett.

Daß sie ihn noch einmal zwang, nur ihren Körper zu benutzen, nahm er als ein Spiel.

Er läßt sich ein darauf, auf diesen Leib ohne

Kopf. Das Blut, das ihr dahinein steigt. Seine selige Konzentration auf ihren Körper. Daß er sich so darüber hermachte, war eine Genugtuung.

Irgendwann kehrt sie zu ihm zurück in diesem Hotelzimmer. Sie sieht ihm die Fragen an, eine ferne Verwirrung vielleicht, die er aber zu erschöpft ist auszusprechen. Die schöne Kraftlosigkeit. Daß sie keine Erklärungen gab an diesem Tag, daß sie so unverbindlich blieb und knapp, gehörte für ihn vielleicht zu einer neuerlichen Art von ihr. Zu diesem Geheimnis, für das er den Grund nicht wissen will, da sie nicht davon sprechen mag.

Von der Rezeption her werden Stimmen laut. Sie liegen regungslos da, während jemand im Flur vorbeihetzt und die Tür draußen zuschlägt. Sie sehen sich lächelnd an. Das Lächeln eines unentdeckten Paares auf der Flucht: Sie sind nicht gemeint.

Er sagt, daß er ihre Wildheit geliebt habe. Vom ersten Mal an. Daß er damals auch ein wenig wegen ihr zurückgekommen sei, und gleichzeitig die Angst, sie sei vielleicht verlorengegangen. Und dann das Glück, daß es so nicht gewesen war.

Die Wildheit, die vielleicht nichts weiter ist als eine Form des Schulterzuckens angesichts des Lebens. Wer nicht weiß, wofür er sich schonen soll, kann sich ja blind in alles hineinwerfen.

Er zieht sie zu sich heran. Nimmt sie so in den Arm, daß sie wie er zur Decke blicken muß. Diese heikelste aller Umarmungen, die einen zum Reden zwingt, immer über das Eine, Absolute, weil man den anderen nicht anschaut dabei. Sie will sich schon herausdrehen, diesem Griff ausweichen, plötzlich fällt ihr doch etwas ein. Zum ersten Mal diese Frage: Hätte er sich damals auch bei ihr gemeldet, wenn nicht alles so gekommen wäre? Der Staat, der Ort, wenn sich nichts davon verändert hätte? Vielleicht war er nur zurückgekommen, weil alles harmlos, verwandelt und die Erinnerungen es plötzlich wert waren, hervorgekramt zu werden. Selbst die schrecklichen, denn auch zu denen will man ja manchmal zurück.

Sie lächelt, noch nie hat sie darüber nachgedacht.

Auf eine solche Frage läßt sich nichts sagen, also bleibt nur der Witz. Nein, lacht er, warum hätte er zurückkommen sollen, wenn alles beim alten geblieben wär? Aus welchem Grund. Den Blick zur Decke gerichtet, sagt meine Schwester ernst: Denselben. Mich. Wäre sie denn genauso hier gewesen? fragt er. Kurz überlegt sie, dann schnell: Nein, natürlich nicht.

Aber vermutlich gibt es da keinerlei Zusammenhang. Zwischen uns und dem Hergang der Welt.

Nein, keinen. Er stimmt ein in ihr mattes, gelassenes Lachen.

Also ist es Glück, daß alles so kam, wie es gekommen ist. Das sagt sie ihm, bevor sie sich wieder gegen ihn preßt. Kein Fragezeichen, Punkt. Nur so war es möglich, das Abtauchen in den Raum, in dem Verschwinden und Entstehen keine Rolle mehr spielen. In dem man entfernt wurde aus der Welt, nein: sich selbst entfernte, und was zurückbleibt, soll nichts weiter sein als die Bewegung von Haut, von Fleisch. Konkret und faßbar.

Es ist später Nachmittag geworden, sie liegen da.

Ein wenig reden, ganz leicht nur, in die einzige Richtung, in die es für sie beide möglich ist.

Ob sie sich erinnere, fragt er sie. Das Buch, das ihm bei der Prügelei beim Samstagstanz damals aus der Jackentasche der Uniform herausgefallen ist. Ob sie noch wisse, daß es eins von Hemingway war. Sie nickt kurz, doch das reicht nicht. Wie sies einem, der schon seinen Fuß drauf setzte, unterm Stiefel weggerissen und der es ihr wiederum so aus der Hand gefetzt hatte, daß sogar ein wenig Blut geflossen war. Und ob sie bemerkt hätte, daß er sie da erst richtig, heißt: voller Bewunderung, angesehen hatte.

Redet er zum ersten Mal davon?

Viele Antworten wären jetzt möglich. Die Erinnerung an die abschätzigen Blicke angesichts eines Buches ist noch da. Daß man sich lesend zum Aussätzigen machte, daß ein bißchen Papier einen über die anderen erhob! Auch dies: Daß die Begebenheit plötzlich abgeschmackt wirkte wie eine Standardsituation aus einem Film: ein Buch als Provokation, als Zeichen einer geheimen Zusammengehörigkeit! War es möglich, daß die Wirklichkeit nur das wiederholt hatte, was Hunderte Male in Büchern beschrieben oder im Kino gezeigt worden war?

Das alles könnte sie sagen, sie könnte sich zurückhangeln in diese merkwürdig ferne Zeit, aber an diesem Tag schafft sie nur ein einfaches Ja.

Er gibt nicht auf, er beschreibt ihr noch einmal die Szene, lächelnd, noch einmal der Schmutzstiefel, der hämisch auf dem schon halb zerrissenen Buch steht.

Dieser leise, verschwärmte Ton bei ihm, jetzt, da sie ihm auf diese Weise ihren Körper überlassen hat.

Alles, was früher geschehen ist, scheint er in ein geheimnisvolles Licht getaucht zu sehen. Immer diese zwei grundverschiedenen Lager der Menschen: Während den einen vergangene Zeiten als magischer Nebel vorkommen, werden die anderen das Gefühl nicht los, daß die Vorfälle der Menschheitsgeschichte stets gleich banal sind und keinerlei Rätsel bergen: Für sie gleichen sich sämtliche Zeitalter darin, daß sie eine triviale Abfolge menschlicher Verrichtungen sind, innerhalb des Horizonts, den das Denken der jeweiligen Epoche zuläßt. Erst die Zukunft machte jedesmal ein Geheimnis aus dem Gewöhnlichen.

Ganz sanft sagt sie ihm schließlich, daß sie sich nicht erinnern kann. Eigentlich erinnert sie sich nicht.

Der Soldat hatte dem Vergangenen den Schrekken der Banalität genommen, hatte allem Geschehen ein Gewicht gegeben. Daß sie hier, in dieser Gegend geblieben war, war nicht länger ein Drama gewesen, sondern die Chance, ihre Geschichte fortzuführen. Jetzt aber kommen ihr diese Erinnerungen nur noch beschämend und lächerlich vor wie ihr heimliches Leben mit ihm. Auf eine gewisse Weise *unbedeutend* für den Rest der Welt.

Sie will sich nicht erinnern. Nicht jetzt, wo sich alles entfernen soll, wo sie sich doch schon daran gewöhnt, seinen Körper wie den eines Fremden zu sehen. Sie übt schon an ihm.

Aber davon weiß er ja nichts.

Ihre anfängliche Freude beim Anblick irgendwelcher verlassener Überreste, die von einem nie gelebten Leben, einer nie genutzten Zukunft zeugten, war mit den Jahren verschwunden. Aus dem

Spaß der alten Fotos und Postkarten, aus dem: Stell
dir vor, was alles gewesen wäre!, war mehr und
mehr Wut auf das Alte geworden. Hatte nicht der
inzwischen verschwundene Staat verhindert, daß
man zu irgendwas Großem in der Lage war? Diese
Pflichttreue, die sie an sich selbst entdeckte, das
Verantwortungsgefühl, das Sich-Einfügen. Daß sie
nicht einfach alles stehen und liegen ließ, sich keine
Laxheit gestattete, nicht einfach aufsprang. Daß sie
ihr Leben noch immer so ansah, als handele es sich
um das Erledigen einer Hausaufgabe. Wegarbeiten
und Lob. Auswendiglernen und Hersagen. Stillhal-
ten und Sich-seinen-Teil-Denken.

Ihr fielen wieder die Dinge ein, die wichtig
und Gesetz gewesen waren. Wieviel diszipliniertes
Bemühen auf Nebensächlichkeiten verschwendet
worden war: die abgemessenen Ränder in den
Schulheften, die sauberen Löschblätter, die Zu-
sammenfassungen Hunderter Zeitungsartikel für
die politische Bildung noch vor dem Unterricht,
die gebügelte Einheitsbluse, die man sich sonntags
herauslegte. Und alles immer kontrolliert. Daß sie
mit Sorge vor der Schule abends im Bett gelegen
hatte, davor, zu enttäuschen, Sorge vielleicht, daß
das Pflichtgefühl irgendwann nicht mehr ausrei-
chen würde. All das war plötzlich wie weggetram-
pelt von der Zeit, zunichte gemacht und galt nichts
mehr.

Es war ein Ärger, daß man sich so lange hatte bestimmen lassen davon. Eine Blamage, eine nicht zu erzählende Nichtigkeit, die noch dazu über Nacht an Wert verloren hatte, weil sie von so vielen in gleicher Weise erlebt worden war.

Das Wissen über all das war plötzlich kein Vorteil mehr. Die Kenntnis von einem anderen System, einem anderen Leben war nutzlos geworden, eine Kenntnis, kam es ihr vor, die auf Halde lag.

Wenn die Rede darauf kam, wurde sie mißmutig. Während sie all das nicht mehr loswurde, hatte ich Glück gehabt. Ich, die Jüngere, hatte den Absprung geschafft. Ich war noch gar nicht beteiligt gewesen, mein Leben noch nicht verbogen. In ihren Augen war die Zeit auf meiner Seite, immer. *Bestimmung*, sagte ich ironisch, damit es weniger wahr klang.

Was war noch zu erwarten. Nicht mehr abzustellen das Gefühl, der Verstand sei eine klarpolierte Glaskugel in einem uralten Kopf aus Borke, zwei Sichtlöcher darin. Sie schien alles zu kennen, sprach absichtlich wie eine Achtzigjährige.

In ihrer Geschäftigkeit war sie oft allein mit sich. Wenn sie es nicht mehr aushielt, verabredete sie sich mit Nachbarinnen, einige ihrer ehemaligen Schulkameradinnen wohnten noch in der Gegend, sie arbeiteten im Supermarkt, als Friseuse oder in

Call-Centern, ein paar Kilometer entfernt. Meistens merkte sie schon kurz nach der Begrüßung, daß sie sich nur mit ihnen traf, um die Zeit nicht zu spüren, und quälte sich durchs Gespräch. Dann lachte sie besonders laut, fragte viel nach, erzählte ausgiebig von Nebensächlichkeiten. Gut, wenn es bei ihrer Rückkehr nach Hause schon Abend geworden war, die Kinder kamen, der Mann.

Im Sommer saß sie im Liegestuhl auf der kleinen Terrasse, von der aus man in die Küche des Nachbarhauses sehen konnte. Sie lackierte sich die Zehennägel, schimpfte ein wenig und eher aus Gewohnheit über die Geräusche der Tauben in den Volieren auf dem Grundstück nebenan, begoß die Pflanzen in den Kübeln mit Wasser. Der Mann baute ein Schwimmbecken ins Gras hinterm Haus: ein gekacheltes Wasserloch, tief genug, um darin zu stehen.

Die Jahre gingen so hin.

Die Welt des Sozialismus hatte die Wünsche schrumpfen lassen. Eine komfortabel eingerichtete Wohnung, etwas Abwechslung im Alltagsprogramm, ein paar Lücken im vorgestanzten Lebensbild. Wie die meisten Menschen merkte auch meine Schwester erst spät: Die Träume waren so klein gewesen, daß ihre Erfüllung unspektakulär leicht war. Man mußte nur in eine andere Gesellschaft überwechseln. Das oft fremde, unwillige Gefühl in den Jahren nach der Revolution kam auch

daher, daß man nun, nachdem der eigene Wunsch-
vorrat erschöpft war, nicht wußte, welcher Art von
Träumen in dieser anderen Gesellschaft nachzu-
hängen war.

Dieser Moment, da es vorbei ist mit der ersten
Ungeduld, da man die Veranstaltung auflösen könn-
te. Alles. Oder wenigstens wortlos bleiben, zwei
Körper.

Unwiderstehlich der Gedanke, jetzt für sich bleiben zu wollen. Mit den Gesten, der Absicht, diese
Reise, die noch vor ihr liegt. Wenn wenigstens er
oder sie aus dem Ausland käme, wenn eine gänzlich
fremde Sprache ihnen jedes Wort verbieten würde,
das Schweigen, es wäre ein natürliches, akzeptier
tes, stumm würde man auf die Dinge in diesem
Hotelzimmer deuten und die passenden Laute in
der Fremdsprache probieren. Nur das. Frau Mann
Tisch Bett Fenster.

Doch das verfliegt. Man muß nur aus der Unbeweglichkeit heraus, darf nicht zu lange still herum-
liegen, womöglich nachdenken.

Sie steht auf, geht zum Fenster und sieht durch
den Spalt zwischen den Vorhängen nach draußen,
dorthin, wo der Bagger wühlt. Sie spürt seinen Blick
im Rücken. Seine entspannte Miene, mit der er
verfolgt, was sie tut.

Meine Schwester nimmt eine Schachtel Zigaretten aus ihrer Tasche. Eine ewige Schachtel, die sie, die sonst nicht raucht, reserviert hat für die Treffen mit dem Soldaten. Als sie sich zurück aufs Bett setzt und das dicke deutsche Bettzeug um ihren Körper zieht, rieselt der trockene Tabak auf seinen Unterarm. Ganz langsam wischt er die braunen Stücke da weg. Dann hockt sie vor ihm und lächelt ihn an, über sich den Rauch in einer Schwebestarre.

Sie konnte einen aus großer Entfernung ansehen. Wie ein Sterbenskranker ein Kind anlächelt, das ihm unbekümmert von seinen Erlebnissen erzählt, ließ sie einen reden oder tun, und manchmal bemerkte der Angelächelte durch diese Miene, wie blind, wie unpassend die Unschuld war, in der er da lebte.

Etwas ist mit ihr, mit diesem Blick, er will sie umarmen. Aber als er es tut, preßt er sich nur an eine Glasscheibe, hinter der das Lächeln ist. Man könnte sich dagegen werfen, wie ein Ausgesperrter sich gegen eine Tür wirft. Doch er scheint nicht kämpfen zu wollen, lehnt sich zurück und schaut sie an.

Sie deutet auf den Aschenbecher, der aus Vorsicht vor Dieben am Nachttisch festgeklebt ist. Wie der wohl zu reinigen ist, denkt sie laut, damit er lacht und abgelenkt ist von ihrem Gesicht.

Sie hat keine Mühe an diesem Tag. Er springt tatsächlich auf und sucht gutgelaunt nach der Nummer für den Zimmerservice, er zieht sie auf damit, mit diesem Hotel, in dem er ein Menü will, Sekt! Er liebt diese Art Späße. Schließlich wirft sie, weil die Situation es verlangt, mit schwacher Kraft eins der Kissen nach ihm. Er muß nicht ausweichen, ruhig steht er da in seiner Nacktheit, die er ihr ohne Hemmung präsentiert. Zwanglos schiebt er das Kissen mit dem Fuß durchs Zimmer zum Bett zurück, bleibt dicht vor ihr stehen.

Sein Körper mußte über die Zeit ihrer Treffen hinweg älter geworden sein, aber sie hatte nie etwas davon bemerkt. Auch jetzt hätte sie nicht sagen können, was genau an ihm verändert war. Vielleicht sieht sie ihn zum ersten Mal mit dieser ruhigen Aufmerksamkeit in seiner vollständigen Nacktheit an. Seine Nacktheit, die so neu an ihm war und ihn zu einem beliebigen, unscheinbaren Wesen machte. Und gleichzeitig zu etwas Unvergleichlichem. Weil diese Art, mit der sie ihn anschaut, ebenso neu und einmalig ist.

Daß sie ihn nicht mehr sehen würde, nur darüber sprach sie bei unserem letzten Telefonat. Sie war so ruhig. Eine Ruhe, bei der man zwangsläufig auf den Gedanken kam, morgen könne schon wieder alles anders sein, sämtliche Entscheidungen rückgängig gemacht, die Sache eingerenkt. Ich hatte sie gefragt, wie sie plötzlich auf die Idee gekommen sei, einfach ihren Liebhaber abzustoßen. Der Ausdruck sollte spaßig sein, aber sie hatte ernst geantwortet: *Nicht einfach*. Vielmehr habe es sich ergeben mit der Zeit. Inzwischen glaube ich, sie sagte, sie sei über den Sommer hinweg immer mehr auf diesen Gedanken verfallen, ja: er habe sich mit der Geschwindigkcit des Sommers in ihr festgesetzt.

Er beginnt wieder zu reden. Ihre Unlust, sich zu erinnern, noch im Ohr, probiert er behutsam ein paar Themen. Während er ihr Profil mit dem Daumen nachzeichnet, fragt er nach den Kindern.

So wie es mit dem Lachen nach Jahren wieder zwischen ihnen angefangen hatte, mit der Offenheit, hatte es auch später nie die Regel gegeben: Schweigen vom Privaten. Schon damals, bei ihrem ersten Wiedersehen, hatte sie ihn bereitwillig im Haus herumgeführt, sogar ein Fotoalbum hatte sie ihm gezeigt. Wenn sie zusammen waren, erzählte sie vom Sportverein des Ehemanns, von der Einschulung und den Klassenfahrten der Kinder, und er von seinem fast erwachsenen Sohn oder seiner Arbeit als Leiter einer Pfandleihanstalt.

Aber die Gegenwart ist nur ein Aufzählen von Informationen. Berichte von Tatsachen, bei dencn der andere nicht zugegen war, nicht zugegen sein wird, nie. Freundliche Anteilnahme, höfliches Interesse. Wertloses Zeug.

Also zurück, unmerklich gleitet er wieder alten Begebenheiten zu.

Er lacht ein wenig, erzählt von gebrauchten Schulheften, nach denen die Soldaten im Altpapier gesucht hatten, Hefte, von denen sie sich die Adressen abschrieben, auch die Abonnentenadressen von Jugendzeitschriften, man vertrieb sich die Zeit, schrieb Briefe an unbekannte Schülerinnen, malte sich was aus. Harmlos. Und dann, noch immer lachend, daß ihn das Eingesperrtsein damals in einen gewissen Wahnsinn habe abgleiten lassen, den er erst spät bemerkt hätte, daß er manchmal wie ein Tier geatmet und gewünscht hätte, wie ein Verrückter in den Wald zu laufen. Aber das lag so weit zurück, daß man kaum noch glaubte, es gehöre zum eigenen Leben.

Sie hört nicht zu, will nicht zuhören. Sie will ja etwas ganz anderes vergessen.

Plötzlich kommt es ihr vor, als erwiesen die Geschichten, die sie über all die Jahre begleiteten, der Gegenwart einen Dienst. Diese Beschwörungen des Vergangenen, diese Wachträume von einer schlechteren Welt! Angesichts solcher Erinnerungen mußte die jetzige Welt ja nur besser erscheinen. Sie wirkte doppelt hell, doppelt leuchtend.

Aber das darf nicht sein, an diesem Tag. So ist es ganz und gar falsch.

Sie rollt sich aus seinem Arm, tut so, als suche sie nach einem Kleidungsstück.

Sie hat ihm den Rücken zugekehrt und streicht sich unsinnig über die Beine, wieder und wieder. Ungewohnt heftig, und für ihn ganz zusammenhanglos, fragt sie ihn endlich, was sie soll mit ihr, dieser Welt heute. Welchen Anteil hatte sie an ihr?

Wie sie die Lippen gleich darauf zusammenpreßt. Beinahe verlegen streicht sie sich über den Hinterkopf. Ohne ihn anzuschauen, sieht sie es, sein erstauntes, vielleicht verletztes Gesicht.

Er rückt heran an sie, streicht ihr über den Rücken, küßt ihre Wirbelsäule. Ratlose Küsse.

Sie könnte noch einmal anfangen: Was habe ich mit ihr zu tun? Mit ihrer … Logik! Dieses Wort, das so eindeutig klang, aber so schwer für ihn zu übersetzen war, weil *alles* darin lag.

War es nicht gleich, was man tat und unterließ, ob man an- oder abwesend war.

Natürlich war die Zeit herumzubekommen: Die Dinge passierten auf Tausende Art, manchmal erlebte man ein Abenteuer. All das konnte stattfinden, würde sogar mit großer Sicherheit eintreten, aber es wäre doch nur wie das Zerstreuungsprogramm in einem Zug, der gegen eine Wand raste.

Doch sie hat all das längst verscheucht und läßt sich zurücksinken auf ihn.

Sie muß ihn, sich selbst weglenken von der Welt, ihrem Anteil daran, dem fahrenden Zug. Also sagt sie zu ihm, hundert Mal könne er sich über sie hermachen, und es werde immer gut sein – am besten. Das habe sie schon damals, am Anfang, gedacht, und noch immer sei es so. Diese Sätze. Nicht falsch, aber nur vorgebracht, wenn ein herausgesprungnes Gespräch in die ungefährliche Spur zurück soll. Mit ihrem Finger schlendert sie über seine Gliedmaßen. Ein Insekt, das sich über den feuchten Film auf seiner Haut bewegt.

Und waren es schon hundert Mal? fragt er.

Noch lange nicht, *natürlich* nicht.

Gut so, dann bleibt uns noch was. Er will sich schon über sie beugen, als sie ihren Kopf wegdreht. Ja, das bleibt uns, entgegnet sie. Sie merkt es im selben Augenblick, diese Geste, der Ton, schon wieder zu schroff. Das alles spielte doch keine Rolle mehr.

Er wird sich gedacht haben, daß diese plötzliche Wut bei ihr keine andere ist als sonst. Ein vorübergehender Unmut angesichts der Gegend, manchmal ihr Leben darin.

Er will sie wieder heiter haben, heiter wie zu Beginn dieses Tages.

Unverbindlich und leicht soll es sein, wie in der

Minute, da sie das Zimmer betreten haben. Also
nähert er sich ihr sacht, versucht sie wortlos zu trösten. Sie ist froh, daß auch er es übergehen will,
und reagiert sofort.

Erleichtert stürzt er sich noch einmal auf sie.

Als er sie mit beiden Händen packt und sie sich
ein wenig zu lustvoll ins Laken krallt, schaut er irri-
tiert auf. Spielte sie ihm was vor, mußte sie sich
selbst antreiben, sich selbst Lust machen? Sie igno-
riert sein kurzes Zögern, macht einfach weiter damit, steigert sich mit geschlossenen Augen hinein
in dieses Spiel, diese Übertreibung, die nötig ist,
wenn man das Vergessen in Gang bringen will.

Alles hat sich wieder beruhigt. Er fragt nichts, und
sie schiebt sich an ihn heran, damit sie wirkt wie
sonst auch: eine Frau, die ein bißchen Schutz
braucht, eine Art Nachmittagswärme, die sie über
die nächsten Wochen oder Monate bringt. So als
läge ihr Wohlbefinden, ihr Glück und Leben einzig
bei ihm. Überhaupt bei einem andern.

Während der Jahre, die sie in dem Haus verbrachte,
verfiel sie in eine apathische Betriebsamkeit, wie
ein Schockzustand. Wenn ich anrief, war sie jedesmal beschäftigt, als säße sie in einer Redaktion. Immer war sie auf dem Weg zu etwas, Einkäufe, Arzt-

besuche, Amtsgänge. Sie bereitete Kindergeburts-
tage vor oder Grillabende, beschaffte Geschenke,
die sie außergewöhnlich verpackte. Das Jahr war
eine lange Schnur, an der man sich von Fest zu Fest
hangelte, was hieß: von Verpflichtung zu Verpflichtung. Die Schulversammlungen und politischen
Abende der alten Zeit waren abgelöst worden von
neuen Zusammenkünften. Spieleabende, Sportler-
treffen, Bierabende.

Diese Zeitrechnung, die irgendwann begonnen
hatte: vorher und nachher. Früher und jetzt. Damals und heute. Die erst funktioniert, wenn etwas
ganz und gar abgeschlossen ist. Und die die wirklichen Regungen des Lebens einschnürt, in gewisser Weise abtötet.

Mit dieser anderen Geschichte hatte auch eine
andere Geschwindigkeit der Zeit eingesetzt. Vor
allem für die, die sich nicht von der Stelle rührten.
Wann hatte das angefangen, dieses Rasen der inneren Uhr? Wann war aus dem irren Lauf in die
offene Zukunft, die Unbegrenztheit, wie es hieß,
dieser Galopp auf der Stelle geworden, bei dem
man sich eingrub? Das Entsetzen war ein ganz
neues geworden: Sie war mit fünfundzwanzig
schon dreißig, mit dreißig fragte sie sich, wie sie
wohl mit vierzig aussähe, mit fünfunddreißig hatte
sie *schon alles hinter sich*. Der Körper als Meßgerät
für die Zeit. Die Zeit als Urteilsspruch. Die unaus-

gesprochene Angst war das einzige in diesem Still-
standslauf, das sich immerfort geregt hatte, ein Mo-
tor, gleichmäßig arbeitend.

Wenn Schluß ist, ist Schluß. Weiter nichts. Dieser
Haufen Knochen, der man ist, hatte sie oft gesagt.
Der schnippische, beinahe patzige Ton, der die
Angst vertrieb: Der Tod ist doch bloß ein Problem
für die Lebenden.

Was schon vergangen ist, kann nicht mehr vergehen.

Sie wurde oft unwillig. Wenn es ihr schlecht
ging, beschwerte sie sich wie ein Kind, daß sie
keinen der üblichen Auswege zur Verfügung hatte.
Wenn man wenigstens an Gott hätte glauben können, daran, daß es eine andere Wirklichkeit gab.
Oder an Schicksal. Ja, wenn man es hätte Schicksal
nennen können, das Leben, die Art, wie man aufgewachsen war, und wo.

In unserer Kindheit hat es weder den Sing-
sang kirchlicher Litaneien gegeben noch bürger-
liches Salongeschwätz, untermalt von Klavieren.
Und erst recht kein Gebrüll irgendeines Diktators.
Auch alte Volksweisheiten gab es nicht, in der Gegend wurden kaum Rituale oder Feste begangen.
Diese Leere wußten die meisten mit irgendeiner
Arbeit zu füllen, eher: einem Dienst. Die geschäf-
tige Mattheit war das Gefühl, in dem sich alle fan-

den, Stationierte wie die wirklichen Bewohner des Orts.

Ich halte es für möglich, daß der wortlose Gleichmut jener Zeit in uns geblieben ist, daß wir ihn mitschleppen bis zum Tod. Und daß gar nichts ihn ersetzen kann, nicht eine neue Liebe, auch kein Plan zum Fortgehen, ja: nicht einmal die Lust der Freiheit.

Kein Regentag. In der Erinnerung lastet eine immerwährende Hitze auf dem Ort; die weißen Betonquadrate werfen das Sonnenlicht hundertfach zurück, das starke, blendende Licht, in dem sich die Bewohner gleichmäßig über vorgeschriebene Wege hin- und herbewegen. Die Kinder sitzen am Straßenrand, träge wie frühe Greise warten sie darauf, daß jemand Verirrtes sie nach dem Weg fragt, irgendwas. Wenn die Hitze zu groß wird, fließt kein Wasser mehr. Es wird abgestellt, aber nie plötzlich. Bevor es knapp wird, gibt man Warnungen aus. Ein paar Stunden, ein halber Tag, dann stehen in den winzigen Badezimmern die Wannen randvoll, die Reserve für den Sommer.

Die Abende vergehen zu viert, zu fünft unter Markisen auf dem Balkon. Eine ganze Jahreszeit lang sitzt man umhüllt von diesem falschen Italien.

Es ging nie mit Vernunft, den Gerüchten nach schien es sich jedesmal um Nacht- und Nebelaktionen zu handeln, ein plötzliches, überhastetes Aufbrechen, als müsse man Festungsmauern überwinden, irgendwelche Tore, durch die es hindurchzuschlüpfen galt. Dabei war da nur die schläfrige Siedlung, das Gleichmaß der Tage, des Ortes, aus dem eine der Frauen zuweilen ausbrach, scheinbar ohne Plan. Bis auf die Kinder ließen sie alles zurück, den Mann, die Arbeit, das Stück Garten, zuletzt noch das Komitee, das die Ehekrise hatte schlichten wollen. Einige von ihnen sah man im Fernsehen wieder, Frau A. hatte wieder geheiratet, in Berlin. Eine politische Berühmtheit, fast ein Dissident, einen, der Bücher schrieb, sich mit ihr zeigte. Das Kind machte jetzt Karriere am Theater. Und Frau M. mit diesem Maler, der in den Zeitungen zu sehen war. Sie wurden zu einem »Fall«. Diese Frauen mit ihrer sportlichen Figur, schon früher, diesem aufmüpfigen Lächeln, die kaum auf Versammlungen erschienen, die keine Auskunft gaben über Nachbarn, die ihr Geheimnis also in sich verschlossen hatten, bis sie es explodieren ließen. Mit ihrem fortwährenden Wunsch, woanders zu sein, größer zu sein als der Rest, mehr zu sein. Was sollte das denn heißen: es nicht mehr aushalten können.

Nur nachts, da verflog das Verächtliche, der Verschwörungslärm der Frauen, die zurückgeblieben waren. Die Empörung wich einer geheimen Bewunderung. Die erleuchteten Fenster der Siedlung. Dreißig Familien in einem Block. Immer hab ich die Frauen nur so gesehen: allein in der Küche, diesem Schlauch mit den elektrischen Geräten darin. Keine konkreten Träume, nur noch ein Dastehen und Horchen manchmal, indem man das Messer zurück auf den Küchentisch sinken ließ, ein leises Lächeln innerlich, als ob da was wäre. Ich bin sicher, sie haben den abgereisten Frauen hinterhergedacht.

Wir besaßen eine Vorstellung von der Hauptstadt: Tauben, Springbrunnen, weite Plätze. Nirgends ein versteckter Winkel oder Gassen. Nur breite, freie Wege. Eine Art modernes Fresco, ein schillernder Wandfries, in den die Menschen nach Berufsgruppen geordnet hineingemeißelt waren. Alles war an seinem Platz.

Trotz ihrer Besessenheit vom Vorangaloppieren der Zeit hinterließ diese kaum Spuren an ihrer äußeren Erscheinung. Nur einmal hatte ich so etwas wie Verfall an ihr gesehen. Eine Art plötzliche Änderung, die sie keine Chance gehabt hatte zu verbergen. Ich hatte sie mit einem Besuch überraschen wollen, als ich in der Gegend nach Motiven für ein

Drehbuch suchte. Da stand sie mit einem wüsten Gesicht im Garten. Ihre Züge waren nicht gealtert inzwischen, sie hatte nicht hier und da Fältchen bekommen, sondern war wie mit einem Ruck überzogen von einer zweiten, älteren Haut. Der Anblick war zum Schämen, doch ich spürte bei der Begrüßung bloß ihren Groll, darüber, daß ich unangemeldet erschienen und sie mir also ausgeliefert war.

Stärker noch als sonst war an dem Tag auch die Narbe über dem Mundwinkel hervorgetreten, die ihr geblieben war von einem Stoß gegen eine Steinwand im Haus. Nachts hatte sie sich durch die Dunkelheit zur Küche getastet und war dabei neben dem Türrahmen so gegen die Wand geprallt, daß sie zu Boden gegangen war. Der kleine Riß hatte stark geblutet. In der Notaufnahme, wo sie den Vorfall zu Protokoll gab, sah sie, wie der Arzt ihre Begründung in Anführungszeichen setzte. Es ist bekannt, daß sich Frauen Geschichten ausdenken, um die Gewalt, die ihnen angetan wird, zu vertuschen. Obwohl der Mann dabeisaß, stellte sie die Vermutung nicht richtig. Merkwürdig aufmüpfig erzählte sie später, sie habe den Arzt gern glauben lassen, *in dem Hause würden Schläge verteilt.*

Ich erschrak, als ich sie an dem Tag meines unangekündigten Besuches so sah, gleichzeitig wurde ich ruhig, als hätte ich sie nun wenigstens einmal richtig gesehen. Früher hatte mich alles alarmiert, aber mit den Jahren wurde es zu schwierig, jemanden von seinem Leben befreien zu wollen. Vielleicht war das Leiden, das ich bei unseren Telefonaten gelegentlich heraushörte, ja gar nicht ihres, sondern nur mein eigenes, hatte ich immer öfter gedacht.

Es war nichts herauszuhören. Sie war nicht heimlich oder verstohlen unglücklich. Nüchtern widmete sie sich allem, das ihr als Übel erschien. Sie sprach sogar mit einem stolzen Trotz von dem, was sie belastete. Kein: Was fehlt mir denn oder: Wie ist mir bloß zu helfen.

Manchmal, wenn ich anrief und mich über ihre verschnupfte Stimme wunderte, half ihr die Ironie: *Ich hab ein Stündchen geweint.* Wir lachten.

Das Weinen wurde zu einer fast beruhigenden Angelegenheit. Der Mann konnte dann durchs Zimmer gehen, sie telefonierte sogar dabei. Sie saß am Eßtisch und sah der Familie, die vor dem Fernseher hockte, von hinten über die Schultern. Von sehr weit entfernt blickte sie durch den Raum auf Autorennen, Trickfilmfiguren oder Schönheitsoperationen vor laufender Kamera. Ich habe sie immer nur so fernsehen gesehen: wie eine Kinobesucherin in der letzten Reihe. Sie hörte mehr den Lärm, als daß sie zusah, während sie in Psychologie-Zeitschriften blätterte und Tränen laufen ließ. Bei ihrem unaufgeregten Weinen waren ihre Züge ganz entspannt. Sie konnte auf eine Frage antworten, ohne daß ihre Stimme einen anderen Ton annahm, nur das Schneuzen irgendwann verriet sie. Gelegentlich reichte auch ein Codewort zwischen uns, um uns zu verständigen: achtundvierzig. Als Kinder hatte uns diese Leserfrage in einer Zeitung fasziniert: Wieviel Tränen weint der Mensch? Mehr noch als die präzise Zahlenangabe allerdings hatte uns der nüchterne Satz beeindruckt, den die Wissenschaftler angefügt hatten: Danach weint der Mensch tränenlos weiter.

Wahnsinn ist Kummer, der sich nicht mehr weiterentwickelt, las ich später bei Emile Cioran.

Während ich sie früher auch in großer Entfernung neben mir gespürt habe, löste sich ihre Geschichte in den letzten Jahren fast vollkommen von meiner ab. Sie wurde zu einem Einzelwesen, zu ihrem eigenen, undurchdringlichen Fall. Es war, als wäre ich bei nichts mehr anwesend, was sie betraf. Wenn ich an sie dachte, sah ich sie immer nur allein: wie sie herumfuhr, die Kofferraumklappe des Familienwagens öffnete und schloß, einen schweren Einkaufswagen über einen Parkplatz schob, ein Video zurückgab. Aber nie sah ich sie spazieren dort im Ort, nie das, was man *herumgondeln* nennt.

Die einzelnen Dinge wurden weggearbeitet, waren nur noch als Pensum wahrnehmbar, als Lust am Abhaken der Denk-dran-Zettel in der Küche. Obwohl das Sparen nicht nötig war, wurde es zu einer Art Hobby. Sie studierte die wöchentlichen Werbeblätter der Drogerieketten und Supermärkte, auf der Suche nach einem günstigen Angebot. Für einen bestimmten Eistee fuhr sie in den einen Markt, für Spülmittel in einen anderen, billige Glühlampen holte sie wieder woanders.

Manchmal stellte ich mir vor, daß der Soldat ihr bei einer solchen Fahrt über die Landstraßen von Einkaufsmarkt zu Einkaufsmarkt folgte. Daß er beobachtete, wie sie ein- und ausstieg und irgendwelche Waren verstaute. Und daß sie eines Abends, es wäre ein Samstag, auf dem schon leeren Parkplatz eines Supermarktes seinen Blick spüren würde. Ohne sich umzuwenden, verstünde sie, wer sie da ansieht. Ihr plötzlich starrer Nacken, ihre Hand mit dem Autoschlüssel darin. Ganz langsam würde sie schließlich die Augen zusammenkneifen, um diese Einbildung zu vertreiben. Und über ihr leuchtete das Schild mit dem Namen des Marktes weit in den noch unverfinsterten Himmel hinein.

Der Weltuntergang findet mit großer Wahrscheinlichkeit an einem Samstag statt, hatten wir früher im Spaß gesagt. Wir waren genau: spätnachmittags, an einem Samstag.

126

Das Gefühl der Nutzlosigkeit war so groß, daß es sich auf die ganze Welt ausdehnte.

Mehrmals erzählte sie, etwas zöge sie an, *von unten her, aus Richtung Süden*, ohne daß sie wußte, was genau das war. Frankreich, Portugal? Kein Land? Aus der Idee wurde ein Zwang: Sie sah sich als flache Magnetfigur, die aber nicht wie üblicherweise an einem Kühlschrank, sondern auf einer Landkarte klebte. Und dort, als ließe die Wirkung des Magnets ganz plötzlich nach, glitt sie langsam nach unten. Fahr doch hin, sagte ich. Schließlich war es längst kein Problem mehr, durch Europa zu reisen. Ich nannte ihr sogar Fluglinien und Zugverbindungen. Als ob es darum ginge, sagte sie zerstreut. *Ganz weit weg* schien keine Denkkategorie mehr zu sein, die wirklich half.

Zugleich war die Angst, die Fallsuchtsvorstellung zu verlieren, größer als die Sucht selbst.

Sie sah sich in Seile hineinlaufen, die in Kehlkopfhöhe über der Straße gespannt waren, sah sich mit dem Absatz in Schienen hängenbleiben (natürlich gab es keine Straßenbahn im Ort).

Einmal, als ich dabei war, fiel ihr beim Aufräumen eine Reißzwecke herunter. Sie bückte sich danach, konnte sie auf dem gemusterten Teppich aber nicht sofort finden. Vorsichtig kroch sie auf Knien durchs Zimmer, sprach auf die Zwecke ein wie auf ein scheues Tier. Gegen Mittag hatte sie sie endlich gefunden. Ihr triumphierend-glücklicher Blick: das Tagwerk, die Pflicht war getan.

Weil ihr so wenig zustieß, überfeinerten ihre Sinne. Sie horchte viel in sich hinein.

Hin und wieder wurde ihr schwindlig. Sie hörte einen Pfeifton im Ohr, die Kopfschmerzen wurden zu etwas Alltäglichem. Angriffe wie von kurzen Nadelstichen, die so schnell passierten, daß jeder Schmerzenslaut zu spät kam. *Mir wächst was im Kopf*, sagte sie. Wie immer lachend, wenn sie ein panisches Gefühl beschrieb.

Genauso jäh wie den Schmerz im Schädel spürte sie eine offene Kellerluke neben sich am Bett, von der eine Holzstiege hinabführte. Noch wirklicher als der Traumanblick des düstren Treppenschlauchs aber war der kurze Luftzug, kühl und modrig, der ihr von dort entgegenschlug und sie jedesmal aus dem Halbschlaf hochfahren ließ. Seltsam, daß der Schlaf, aus dem sie so aufzuckte, gleichzeitig das Mittel war, die Angst vor dem Traum auszuschalten.

Die Schwindelanfälle häuften sich. Dann legte sie den Kopf auf den Eßtisch und wartete mit geöffneten Augen ab. Einmal faßte sie sich, als das Gefühl zu beängstigend wurde, für eine Massage selbst in den Nacken und wurde durch diesen falschen Griff sofort ohnmächtig. Einer der Söhne kam gerade aus der Schule. Man brachte sie ins Krankenhaus. Eine Woche lang nahm man verschiedene Untersuchungen an ihr vor, sie wurde in Röhren gelegt, man überprüfte ihr Blut, ließ sie Klänge und Farben deuten.

Vom Krankenhausbett aus schickte sie der Familie Nachrichten übers Mobiltelefon: wann die Feinkostlieferanten kamen, welches Waschprogramm für das Sportzeug zu wählen war, daß eine Geburtstagskarte an einen Verwandten geschrieben werden mußte.

Als sie wieder zu Hause war, schien sie beruhigt. Man hatte nichts in ihrem Körper finden können. Trotz der Psychologie-Hefte hatte sie großes Vertrauen in die Apparate der Medizin. Bereitwillig ließ sie sich überzeugen, daß alles in Ordnung war. Jetzt hatte nicht nur sie selbst den Beweis.

Ein paar Tage später kehrte der gleichmäßige, nervtötende Ton im Ohr zurück.

Immer öfter fuhr sie mit dem Rad aus, um sich zu erschöpfen. Bald war es wieder Abend, und sie wurde kaum mehr müde. Bei einer dieser ziellosen Fahrten traf sie außerhalb der Ortschaft bei einem Feld den älteren Sohn mit ein paar Freunden. Ohne daß er etwas gefragt hätte, sagte sie schnell, die Katze sei fort, sie suche nach ihr. Sie fuhr extra durch lockeren Sand, dort, wo ein Vorankommen schwierig war, und zwang sich, im Sattel zu bleiben dabei. Mühsam und schlingernd bewegte sie sich Zentimeter für Zentimeter vorwärts, mit den Füßen in die Pedale hackend.

Gab es das noch, ein: Woanders? Ein: Was noch?

Auch solche Vorstellungen: Zum Beispiel mochte sie, wenn sie allein war, nicht durchs Haus zum Bad gehen. Nicht aus Furcht, in irgendeinem der Zimmer stünde jemand. Vielmehr fürchte sie sich plötzlich davor, daß keiner, nie wieder, dort stand.

Der leblose Ort. Nur das Geräusch des verbissen wühlenden Baufahrzeugs, das die Fensterscheiben des Hotelzimmers vibrieren läßt. Es ist, als seien Gesten bloß dazu da, sich die Zeit zu vertreiben, man wartete, daß man sie vergaß, diese nutzloseste und quälendste aller Erfindungen. Nicht nur die Männer, die mit kindlicher Geschäftigkeit ihre Maschinen bedienten, Tag für Tag Löcher aufrissen oder zuschoben, Laub saugten, Hecken kürzten, auch meine Schwester, in dem verdunkelten Raum neben diesem Mann, den sie ansieht, während seine Augen geschlossen sind.

Als sie ihn berührt, leicht nur, am Schlüsselbein, dann an der Innenseite des Schenkels, lächelt er. Sie streichelt ihn schon, wie man über ein altes Album streicht. Ein Relikt, etwas schon Fernes, dessen Schönheit man noch einmal ganz begreifen will. Aber man weiß es: Das Anschauen wird nicht helfen, wird nicht reichen, nie, für den, der schon in eine andere Zeit eingetreten ist. Oder sie weiß gar nichts davon.

Wie einfach alles abgelaufen war, wie schnell er ihr gefolgt war, ihr folgte, in allem, schon immer.

Er greift plötzlich nach ihrem Handgelenk, hält es sehr fest.

Noch einmal das Spiel, bittet er, drängt sich dabei schon an sie.

Auf einmal hat sie das Bedürfnis, sich zu entschuldigen. Sie sieht ihn an. Wenn sie nicht hier festsäße, hätte er nicht immer wieder hierher zurückkommen müssen. Was hält er davon? Er lacht. Ob sie verrückt wäre. Wenn nicht diese Ausflüge wären, sagt er, hätte er doch längst alles vergessen.

Ist es der falsche Satz?

Sie dreht sich um, rollt sich bis zum Rand des Bettes, weg von ihm, so weit weg wie möglich, der kalte Rand. Auf der Bettkante liegend wie eine Gleichgewichtskünstlerin, mit Blick auf die Wand, sagt sie zu ihm, er solle sie fahren. Sie will also zurück? Sie ist froh, daß er es so allgemein fragt. Zurück.

Erst mal fahren. Fahren, sagt sie. Es gibt schöne Landstraßen dort. Alleen, lang und gleichförmig. Baumstämme wie Stäbe von Gittern.

Vermutlich hat man es vergessen, uns davon zu erzählen, daß der Ort Teil eines Landstrichs ist, Teil einer uralten Landschaft, die sich weit bis nach Osten zieht. Und daß die Grenze, die nach dem Krieg gezogen wurde, diese Landschaft plötzlich durchschnitt, sie bis heute durchschneidet. Jedenfalls ist es mir erst klargeworden, als ich, schon im 21. Jahrhundert, im Kaliningrader Oblast vor deutschen Backsteinresten stand und darin die Art mancher alter Häuser der Gegend wiedererkannte, in der wir aufgewachsen sind. Damals aber kam uns der dunkelrote Stein bedrohlich vor, die verschlossen wirkenden Häuser erinnern an ein Unheil, eine Art Leid, von dem wir verschont geblieben sind, während die hellere Epoche für uns bestimmt ist.

Man hat die Toten Unglücksvögel genannt. Wenn es geschah, wußte man es, ohne daß die Rede davon ging. Daß ein verirrter Soldat beim nächtlichen Manöver ins Schußfeld geraten oder daß beim Waffenputzen eine Maschinenpistole losgegangen war, wurde ohne ein Wort bekannt. Man sprach nicht über die Absicht zum Tod. Um dem Unbehagen aber eine Form zu geben, dem Vorfall eine Regel, sagte man, die Regimentskommandeure seien schuld, ein neuer Kommandeur hieß ein neuer Toter. Die Erfahrung von Jahren. Man-

che bedauerten die jungen Männer, aber auch das
ohne ein Wort. Meine Schwester muß wie sie gewesen sein, die zugrunde gingen in aller Öffentlichkeit, die sich ausstellten, ohne etwas preiszuge-
ben von sich. Wie diese Männer war sie als Fremde
über die Wege dieser künstlichen Stadt gelaufen.
Wie sie lud sie die unausgesprochene Verächtlich-
keit der übrigen Einwohner auf sich. Der Luxus
des Abstands zu allem hier. Es herrschte eine Art
Verbindung zwischen ihnen, man erkannte es an
ihrer Mattheit, dieser zurückgenommenen Art, die
sich plötzlich herausstülpte und zu einem Ausbruch
wurde, zu etwas Ungeahntem. Etwas Tierischem,
wie dieser Schrei, eines Nachts, zwischen den
Wohnblöcken. Sie hatte nach einem Rendezvous
die elterliche Wohnung betreten, als unten auf der
Straße jemand ihren Namen schrie. Zweimal. Vielleicht hatte sie sich geweigert, noch länger mit
ihm herumzulaufen, hatte ihn abgewehrt und weg-
geschickt. Dieser langgezogene Schrei konnte auf
vieles eine Erwiderung sein. Man hörte, wie er ihr
hinterher ihren Namen durch die Nacht brüllte,
alle, die Familien und Nachbarn, die Bewohner
in den Hausaufgängen nebenan hörten es, diesen
Schrei, der von den Betonwänden zurückhallte.
Wie ein Verzweifelter einen andern rief.

Es war kaum etwas Bedächtiges an ihr, statt dessen unentwegte Sprünge. So entrückt sie an manchen Tagen hinter dem Wohnblock oder am Schulzaun stand, nach draußen blickte und etwas in sich zu unterdrücken schien, so oft habe ich sie merkwürdig aufmüpfig gesehen. Eine Verwandlung, die immer jäh geschah. Die Entschlossenheit, mit der sie mich dann ruppig auf den Gepäckträger ihres Fahrrades setzte und uns zu den Kasernen fuhr, ließ selbst ein Kind mißtrauisch die Stirn krausen.

Meine Schwester, dreizehn, vierzehn Jahre alt, blieb vor dem Eingang zum Regiment stehen, stellte das Rad ab und ließ mich ein Stück weggehen. Sie sah hinüber, bis einer der Wachleute aufmerksam wurde. Ohne Angst näherte sie sich, sie stellte ihnen Fragen, ging auf und ab vor den Posten, die sich nicht rührten, das Gewehr wie einen Stock umkrampft. Unter den Augen der noch jungen Männer, die der Befehl in sicherer Entfernung hielt, schlenderte sie vorbei. Es wurde gelacht, so gut es ging in der steifen Haltung, man freute sich über die Abwechslung in all dem Staub. Das Mädchen da vor ihnen tat mehr als ein paar alberne Gesten. Kein einziger anzüglicher Satz, keine Frechheit, aber mit ihrem ganzen Körper schien sie zu wollen, daß sich etwas ereignete, das sich mit ihrer Anwesenheit vielleicht beschleunigen ließ. Gleichzeitig das Gefühl: sie wußte sowenig wie ich, was das hieß.

Wenn sie nachts erzählte, sie habe vor dem Kino im Ort auf Besucher gewartet, damit die Vorstellung nicht ausfiel, sah ich sie auf und abgehen. Nicht frivol, aber ohne jede Scham oder Vorsicht sprach sie Soldaten an, die ihren Ausgang im Ort zubrachten. Außer ihnen gibt es niemanden, der zufällig dort vorbeikommt. Sie zeigt ihnen die Ankündigungen im Schaukasten, erklärt, der Film liefe absichtlich nur hier, weit weg, in der Provinz, damit ihn niemand sähe. Immer findet sich einer, der sich überreden läßt und mit hineingeht, die anderen hinterher. Nie interessieren sie sich für den Film. Selbst den Titel werden sie vergessen.

Es ist wie ein geheimes Wissen, daß ihr nichts passieren kann.

Später werden wir es noch einmal wiederholen, dieses Spiel, ein einziges Mal. Wenn wir erwachsen geworden sind, da sind es noch acht oder neun Jahre bis zu ihrer Entscheidung.

Eine Zufälligkeit, die sich ergibt, als ich sie besuche und sie mir das Kino im Ort zeigt, das keines mehr ist, Spielautomaten und ein Billardtisch stehen jetzt darin. Es ist ihr Einfall, uns zum Kasernengelände zu fahren, auf dem inzwischen fast alles für die Bewohner der Gegend geöffnet ist. Das

Militär überläßt ihnen das kleine Kulturhaus, eine Schwimmhalle, sogar die Kantine. Längst fehlt der Schlagbaum am Eingang zum Regiment, auf den Parkplätzen stehen die Wagen der Rekruten, an den Wochenenden bleibt niemand mehr hier.

Als wir den Kinosaal betreten, ist er mit Soldaten gefüllt, die sich nicht die Mühe gemacht haben, für die Vorstellung ihre Montur abzulegen. Kein einziger Mensch aus dem Ort. Sie muß es gewußt haben, denn es scheint, sie warte einen Moment, bis für unseren Auftritt auch der letzte verstummt. Eine Sekunde lang ist diese Stille, sind die auf uns gerichteten Blicke im Saal zum Erschrecken, aber meine Schwester flaniert mit ihrem auffälligen Haarzopf durch die Männer hindurch zu unserem Platz. Es geschieht, was sie will, jemand ruft, und sie, ohne sich nach dem Rufer umzudrehen, antwortet ihm, gelassen spricht ihre Stimme in den Saal hinein. Nicht schnippisch, nicht überdreht, beinahe sanft antwortet sie ihm. Es wird gelacht, aber das Feixen und Johlen gilt nur dem Unbekannten, der da gerufen hat. Im Dunkeln dann wird die Spannung im Saal plötzlich zu einem Schutz, wir flüstern nicht, sehen uns nicht an, kein einziges Mal, aber während wir, der Köder, in dem Meer aus Uniformen sitzen, entsteht ein allerletztes Mal der Raum unserer Kindheit, in dem meine Schwester auf ihre Weise herrscht, außerhalb jeder Angst.

Es war nur eine läppische Wiederholung der Vergangenheit, von der die, die uns umgeben, keine Ahnung hatten: Ihr Dienst war längst ein freiwilliger, das Überschnappen hatte also seit ein paar Jahren ein Ende, der Wahnsinn auch.

Nach der Vorstellung drängten wir uns durch den Männerhaufen, der sich beim Anblick meiner Schwester wortlos öffnete und uns den Weg freigab. Eine seltsame Enttäuschung auf der Fahrt nach Hause zwischen uns, über die wir aber nie ein Wort verloren haben.

Sie hatte verschwiegen, als sie mich an dem Tag im Oktober anrief, daß der Mann bereits stumm das Haus verlassen hatte. Seine Kraft war aufgebraucht. Die jahrelange Furcht vor dem Moment war kräftezehrender gewesen als die Verkündung selbst. Er hatte es hingenommen, aber er hatte es nicht mehr ertragen können zuzusehen, wie sie sich davonmachte. Ganz ohne Lärm, und tränenlos diesmal, war das zuletzt geschehen, als ob einer vollkommen ruhig ein lang erwartetes Signal zum Weglaufen gegeben hätte: Jetzt also! Und sofort hatten sich alle entfernt.

Aber hatten sie diesen Ablauf, dieses Auseinandergehen nicht schon tausendfach in Parodien aufgeführt? Was Ernst wurde an dem Tag, war vorher als Schauspiel zu ertragen gewesen. Mit stummen

Grimassen und Handbewegungen hatten sie es längst ausprobiert: Einmal war meine Schwester nach einem Besuch von mir beim Abschied am Gartenzaun stehen geblieben. Während sie mich, im Auto, auf die Straße hinauslotste, hatte der Ehemann uns einen Greis vorgespielt und sich umständlich langsam auf die Bank auf der gegenüberliegenden Straßenseite gesetzt. Mit zittriger Stimme verkündete er, ganz sicher sei ihm dies im Alter bestimmt: er, allein auf einer Bank. Wir lachten ein wenig und winkten uns zu. Ich fuhr schon davon, als ich sah, wie meine Schwester ins Haus zurückging und der Mann tatsächlich dort sitzen zu bleiben schien, ratlos, vielleicht zufrieden, allein jedenfalls mit seinem Witz.

Kurz nach Jahreswechsel bin ich zu dem Grab gefahren. Es lag gleich hinter dem Friedhofszaun, so daß man es vom Bürgersteig aus sehen konnte, aber es ging niemand vorbei an dem Tag. Obwohl es Januar war, wehte ein milder Wind. Kein Schnee, kein Regen. Später, im Wagen, überkam mich ein Erschöpfungsschlaf, wie ich ihn nie gekannt habe. Bevor ich losfahren konnte, sackte ich zur Seite auf den Beifahrersitz, die Sonnenbrille noch im Gesicht. Ein bewußtloses Tier in einer Metallkiste. Als ich aufwachte, war es schon dunkel, und mir fiel ein Traum ein, in dem meine Schwester und ich auf Holzrädern in einer seltsam stummen Gruppe von Leuten auf ein Meer zugefahren waren. Wir trugen altmodische Kleider: die Männer Anzüge, die Frauen schwere Lagenröcke, auf dem Kopf Hauben. Während wir uns auf den wie gerade erst erfundenen Laufrädern umständlich und verbissen auf das Ziel vorwärtsbewegten, blieb meine Schwester immer mehr zurück, gebremst von dem breiten, feuchten Strand. Als ich mich schließlich erschöpft umdrehte nach ihr, war sie schon nicht mehr zu sehen. Jetzt erinnere ich mich, daß ich damals, nach diesem Traum, den ganzen Morgen lang in einer unerträglichen Verzweiflung getrauert habe. Wenn es das gibt: eine Art Voraustrauer, die damals ja einer noch Lebenden galt.

Tags darauf versuchte ich ihn zu erreichen. Das Gefühl, sein Gesicht ansehen, die Stimme ihres Liebhabers hören und mit ihm sprechen zu müssen, war über Nacht so stark geworden, daß ich sofort in die Stadt aufbrechen wollte, in der er wohnte. Es reichte noch weiter, ich würde ihn anfassen, ihn berühren, überall, genau wie sie ihn berührt hatte, damit das Verlangen anhielt, damit alles in der Welt blieb und nichts verlorenging. Und dann würde ich ihm davon erzählen.

Ich hätte es in der Hand gehabt.

Der letzte Faden, der ihn an seine Vergangenheit in diesem Ort band, war jetzt ich. Zum ersten Mal empfand ich eine Art Liebe für ihn, kam es mir so vor, als hätte ich ihn längst, schon immer, auf diese unsinnige Weise geliebt. Wie man sich nach etwas Unbekanntem sehnt, einem Menschen oder Zustand, der einen die letzten Dinge aussprechen läßt. Und zugleich das Gefühl, daß man sich selbst und den anderen genau davor zu schützen hat.

Schließlich wählte ich die Nummern der beiden Pfandleihhäuser, die es in der Stadt, in der er lebte, gab. Beim zweiten war ein Mann am Apparat, er meldete sich nicht mit seinem Namen. Ich wußte nicht, was ich sagen sollte, und fragte sinnlos nach Auktionen. Er sagte kurz, es gäbe keine in nächster Zeit. Als ich nichts weiter fragte, zögerte er, und ich dachte, daß, wenn ich ihn je ausfindig machen würde, mit meiner Nachricht ein allmähliches Absterben begänne, zuerst der Lust, dann aller anderen Lebenskräfte. Bis sich der Stumpfsinn so weit in ihm ausgebreitet hätte, daß jegliche Erinnerung für immer in der Gleichgültigkeit verschwunden wäre. Vor mir tauchte seine plötzlich gekrümmte Gestalt auf, wie er, anstatt traurig oder bestürzt zu sein, sich bloß wortlos zusammenkrümmte und schrumpfte. Und in diesem eigenartig geschrumpften Körper eines Kindes würde der zum Vorschein kommen, den er als Soldat gehabt hatte. Machtlos, ausgeliefert. Ich würde keinen Zugang zu ihm haben, würde nichts für ihn tun können. Ein Vordringen wäre für immer unmöglich.

In dem Hollywood-Film *The Wanderers*, der im Kleinganovenmilieu Amerikas Anfang der sechziger Jahre spielt, wird am Ende die Hochzeit des noch ganz jungen Bandenchefs gefeiert. Als die Gäste die Korken knallen lassen, springt er plötzlich auf und rennt hinaus auf die Straße. Er hat das Mädchen am Fenster vorbeigehen sehen, das er tatsächlich liebt. Eine Studentin, die er zufällig kennengelernt und wieder aus den Augen verloren hat. Draußen schaut er sich verzweifelt nach ihr um. Als er ihren Mantel zwischen den Passanten erkennt, folgt er ihr durch die Dunkelheit. Vielleicht läuft er nur einem Trugbild hinterher, er weiß es nicht, er bleibt ihr auf den Fersen, bis zu einer Bar, in der sie verschwindet. Durchs Fenster sieht er, wie sie sich drinnen unter die Leute mischt. Eine seltsam fremde Welt: rauchende, diskutierende Menschen, vor denen ein Sänger mit Gitarre ein Konzert beginnt. Ganz still steht der Junge, draußen auf der Straße, und lauscht. Er begreift diese Musik nicht, er versteht nicht, was dort vor sich geht, wer die Leute sind, die auf dem Fußboden hocken, und auch nicht, was der Sänger singt. Daß diese Musik das Zeichen einer schon anderen Zeit ist, eines politischen Aufbruchs vielleicht, jedenfalls der Beginn von etwas ganz Neuem, an dem er keinen Anteil hat.

Für den Zuschauer aber ist die Zukunft der Figuren inzwischen Vergangenheit geworden. Er begreift. Während der Junge vergeblich starrt, um schließlich ahnungslos umzukehren, wieder zurück in seine Welt.

Wenn ich sagen könnte, daß ich diesen Film zusammen mit ihr gesehen habe. Zum Beispiel in dem Sommer, den meine Schwester mit ihrem ersten Kind in der elterlichen Wohnung verbringen mußte, weil man ihr noch immer keine eigene Wohnung zugeteilt hatte. Dämmerte das zahnende Kind vom Jammern erschöpft vor sich hin, schalteten wir den Fernseher ein. Das Nachtprogramm war auf den westlichen Sendern gerade erst erfunden worden.

Aber ich erinnere mich nicht einmal, ob dieser Film tatsächlich in New York spielt. Es kann auch Chicago gewesen sein oder irgendeine andere amerikanische Stadt.

Und ihre Karte spricht von Begründungen genauso wenig wie von einer Schlaflosigkeit, die sie gequält hätte dort. Überhaupt hat sie nächtliche Erlebnisse nicht erwähnt. Nur daß in einer Seitenstraße Schwarze auf Bänken vor sich hin träumten, die Lider geschlossen. *Vor sich hin träumten!*

Und in dieser Kulisse, der unerhörten Mittagshelligkeit, sie. Und dieser Mann, der sie anspricht.

So kann es endlich beginnen.

New York warf seine Lichter an. Blinkte in einem stillen Kreisen noch einmal vor sich hin. Träge erfüllte es seine Aufgabe, die hieß: New York sein. Weiter draußen kehrten die letzten Touristenschiffe in die Häfen zurück, in den Straßen beluden die Hotdog-Verkäufer ihre Wagen für die Nachtschicht. Meine Schwester stand am Broadway, aß ein Würstchen und blickte in die unteren Etagen der erleuchteten Geschäftshäuser um sich herum. Den Nachmittag hatte sie im frisch restaurierten *Rose Center for Earth and Space* verbracht, wo sie sich, klein unter der Leinwandkuppel, die Entstehung der Planeten angeschaut hatte. Die Vorstellung war schlecht besucht, die Zuschauersitze um sie herum leer, nur gegenüber eine Reisegruppe, die in dem gewaltigen Saal sehr fern wirkte. Das Sonnensystem hatte sich vor erst fünf Milliarden Jahren gebildet. Später hatte sie die Schuhe gekauft, in einem kleineren Geschäft in der Nähe. Eine Art Scherz zwischen uns: Schuhe aus New York. So wie man sagt: In Paris mußt du zu dem und dem Frisör, oder: Hüte kaufst du am besten in

Brüssel. Sie bat den Verkäufer, ihre alten Schuhe wegzuwerfen, da sie die neuen gleich anbehalten wollte. Doch der Mann weigerte sich, in dieser Stadt werfe niemand Schuhe weg, man spende sie. Er stellte sie für sie auf den Gehsteig vor die Ladentür. Als sie nach dem Bezahlen noch einmal nach ihnen sehen wollte, waren sie schon fortgewesen.

Es geschieht dort, in dieser Stadt, in die sie zum ersten Mal reist. Das endgültige Bild, das nunmehr veränderte, das ich von ihr zurückbehalte, entstammt demselben Tag.

Ich weiß nicht, ob es tatsächlich um die Mittagszeit war. Aber es muß in hellem Sonnenlicht stattgefunden haben, diese seltsame Kuriosität, die sie so kurz erwähnte. Die sie selbst also gleich wieder vergessen zu haben scheint.

Ein Passant, ein Mann, hatte sie angesprochen, als sie an dem Platz stand mit den wie schlafenden Männern auf den Bänken.

Der Mann bedrängt sie nicht, kommt nicht näher, nicht einmal stehen bleibt er – er wendet nur kurz den Kopf im Vorbeigehen. Und sagt lächelnd zu ihr: *Schön. Schön, wie von David gemalt.*

Aber nicht auf englisch sagt er es, sondern auf polnisch.

Sie sieht den, der da vorübergeht und das zu ihr sagt, an. Ihr rundes Gesicht mit den leicht abstehenden Ohren glüht. Ja, glühend ist es, glühend aber nicht von der New Yorker Mittagssonne, sondern von diesem letzten Tag mit dem Soldaten, als klebten seine Hände bis jetzt daran, eingebrannt. Weil sie nichts mehr verheimlicht, nichts mehr versteckt, weil ihre Kraft schon etwas anderem gilt, leuchten diese Hände noch immer aus ihr heraus.

Es muß sehr sichtbar gewesen sein an diesem Tag.

Sie versteht es sofort. Den polnischen Satz, der weniger als ein Satz ist, eine kurze Bemerkung nur, der Kommentar eines vorbeikommenden Mannes, plötzlich versteht sie es wie ihre eigene Sprache, dort in New York.

Das Bild ist es, das ich seither sehe. Diese Mittagshelligkeit. Darin ihr vor Scham und Erinnerung glühender Kopf, in dem das Licht keine Unterscheidung mehr zuläßt. Wie er zurücklächelt, dieser Kopf, der plötzlich die Sprache dieses Fremden versteht, wie Kinder ganz selbstverständlich verstehen, ohne Verwunderung, ohne es wahrzunehmen. Leichthin mit einemmal, und für diesen einen Moment ist der Abstand zur Welt getilgt.

In dem Hotelzimmer aber besteht er noch. Während sie mit geöffneten Augen neben ihrem Liebhaber lag, an diesem letzten Tag, von dessen Endgültigkeit er nichts ahnt, überfällt sie ein Gedanke. Nein, bei unserem Telefonat sprach sie von einer Gegebenheit, die sie klar empfand. Etwas, das sich nur noch hinnehmen ließ. So wie Gesetze in der Welt nicht zu diskutieren, nur hinzunehmen und zu befolgen sind.

Alles Leben war von einer künstlichen Zeit in eine natürliche übergetreten. Und diese natürliche Zeit kroch langsam in Gestalt eines Wildwuchses über uns – uns alle!, sagte sie zweimal – hinweg. Sie suchte nach Wörtern, damit ich auch *sah*, was vor sich ging. Widerstand wäre nicht nur sinnlos, sondern die ganz falsche Reaktion. Überhaupt wäre die Haltung, die *man an den Tag legt*, wie es immer heißt, längst einerlei. Die Frage: sich wehren oder gleichgültig sein, existierte nicht mehr. Bis jetzt hatte jeder, auf dem Rücken liegend, die Beine dagegengestemmt, doch bald würden wir alles sinken und dieses Naturgespinst über uns hinwegkriechen lassen. Die Menschen unterschieden sich nicht von dieser Wildnis. Sie waren ein Teil von ihr und würden es noch lange bleiben. Sie würden sich mit ihren Verschlingungen verbinden, lautlos und unspektakulär. Die Stadt, in der sie lag, war nicht der Anfang und auch nicht das endgültige Ziel dieser Wucherung. Sie war nur der Ort, von dem aus man dieses Heranwälzen *begriff*.

Im Mittelmeer gibt es Inseln, die Jahrhunderte

lang unbewohnt waren. Nachdem bereits Volks-
stämme auf ihnen existiert hatten, die Tempel aus
Felsblöcken errichteten, Opferrituale und religiöse
Zeremonien veranstalteten, Tongefäße fertigten
und sogar primitive Boote bauten, verschwand das
Leben plötzlich wieder von diesen Orten, die still
wurden wie zuvor: als es noch überhaupt keine
Menschen auf der Erde gegeben hatte. Es gibt
keine Antwort, warum alles Menschliche so unver-
mittelt verschwand und die Natur wieder sich
selbst überlassen blieb. Bevor Nächstes begann,
brannte die Sonne erneut für lange Zeit ungesehen
auf die weiten Flächen von Gras. Ein Jahrtausend
lang wälzte sich das Meer Tag für Tag gegen die
Steilküsten. Der Wind strich gleichgültig über die
leeren Inseln hinweg.

Es muß meine Schwester in dem zerwühlten
Bett des Hotels erreicht haben. Das, was da allein
seinen Weg ging. *Als seien die Menschen schon nicht
mehr nötig.*

Aber all das ohne ein Geräusch, sagte sie und lachte
nicht. Ohne Geräusch. Es geschieht zwingend.
Genau wie Schlaf für einen Übermüdeten das einzig Mögliche ist. Keine Bedrohung. Plötzlich ist
alle Gegenwehr nicht nur unendlich mühsam, sondern falsch, ganz falsch, noch mehr als das, aber eine
Steigerung von falsch gibt es ja nicht.

Keine Traurigkeit in ihrer Stimme. Nur das: *Wir*

sind zu früh. Als handle es sich um eine Erkenntnis, deren Logik einem schlagartig einleuchtet. Die Zeit, die da herangebrochen war, war noch nicht die für uns bestimmte, noch nicht die richtige. Alles mußte erst wieder ein früheres Stadium durchlaufen, mußte überwuchern wie vor Ewigkeiten, bis sie irgendwann beginnen würde. Wir standen nicht am Anfang von etwas ganz Neuem, wir konnten nur dem Ende noch zusehen. Das aber sei nicht bloß eine Vorstellung, sondern läge außerhalb der menschlichen Phantasie. Außerhalb des Kopfes irgendeines einzelnen Menschen.

Sehr weit. Man müßte sehr weit fortgehen, verstand ich, um vor dieser allmählichen Ausbreitung zu fliehen, dieser Teilnahmslosigkeit, mit der sie sich unaufhaltsam heranschob. Wo aber dieser Ort wäre, war nicht zu sagen.

Sie trennten sich an diesem Tag wie immer, ohne Verabredung für ein nächstes Mal. Er hält ihre Hand fest, halb im Ernst hält er sie fest, wie immer, wenn sie aussteigen will. Er läßt sie nicht gehen: Laß uns noch ein Stück. Oder: Ich schlafe im Wagen, dann könnten wir morgen. Er hält es jedesmal ein, das Ritual des Unvernünftigseins. Wenn er so drängt, fällt beiden die Trennung leichter. Mit gespielter Wut muß meine Schwester sich losmachen.

Wie fühlbar ihr Körper ist. Jetzt, wo er so ver-

nutzt ist von dem Nachmittag mit ihm, so abge-
schmirgelt von der Haut des andern. Wie lange
braucht es, bis das aufhört. So lang wie eine Reise?
Sie blickt kurz weg, so daß der Soldat glauben
muß, aus Schmerz über das zu Ende gegangene
Treffen mit ihm. Aber sie lächelt. Ja. Darüber, daß
ihr das Geheimnis geglückt ist an diesem Tag, daß
sie ihm vorgekommen ist wie eine Frau, die etwas
läppisch Verbotenes tut. Daß sie noch einmal Platz
genommen hat in diesem Gefühl, das Unfreiheit
heißt.

Sie hat ihn in der Gewißheit gelassen.

Er würde wie immer geduldig darauf warten,
daß das Leben ihnen ein bißchen Zeit zuteilte,
einen Nachmittag wie diesen, einen unbeobachte-
ten Tag lang. Irgendwann. Die Aussicht auf diese
gewohnte Zukunft hat sie ihm gegönnt wie man
jemandem etwas Wertvolles überläßt. Da sie selbst
aber keinen Gebrauch mehr davon machte, war
ihre Großzügigkeit wohl nur eine scheinheilige.

Dann das leere Haus, in das sie zurückkehrt. Aus
Gewohnheit eine Harke wegräumen, das Fahrrad
ins Gartenhaus, ein paar welke Blüten von den
Sträuchern nehmen. Jede dieser Bewegungen unendlich langsam. Und bei alldem noch im Geruch
des eigenen Körpers sein, in dem des anderen.

Hat sie es sich da überlegt? So wie einen in großer Müdigkeit noch ein Gedanke streift. Daß sie mich anrufen würde, am nächsten oder übernächsten Tag, jedenfalls, solange sie noch zu Hause, noch nicht aufgebrochen war? Ich nehme an, sie hat vorgehabt, ausführlich zu werden. Eine Ausführlichkeit, die mich bloß informieren, womöglich erheitern würde, anstatt zu beunruhigen. Vielleicht hat sie ihn geprobt, diesen Tonfall, der nichts durchsickern ließ außer dem Weiß der Geschichte. Dem Grün ihres Traums. Vielleicht wußte sie, daß sich mein Bild von ihr nur würde ändern können, wenn ich ihr Leben aus *dieser* Perspektive betrachtete.

Vielleicht. Es scheint. Ich nehme an.

Die Wahrheit ist anders. Ist die, daß sie mich ablenken wollte von meinem sicheren Schmerz, mich in eine andere Richtung leiten, einmal nicht der Vergangenheit zu. Daß ich endlich dorthin blicken müßte, wo noch nichts ist, einer Zeit entgegen, die noch lange nicht begonnen hat, in der noch gar nichts geschehen ist. Absolut nichts.

Julia Schoch

Verabredungen mit Mattok

Roman. 144 Seiten.
Piper Taschenbuch

Nebliger Frühsommer in einem Ostseebad: Vor der Küste ist ein Tanker auseinandergebrochen. Claire wartet nach einer Kur auf ihre Abreise. Da taucht der Fremde Mattok auf, der mit einem Koffer voll Geld über die Grenze will. Es entspinnt sich eine Liebesgeschichte zwischen den beiden Außenseitern. Eine junge Frau und ein Bankräuber, Fremdheit und unerklärliche Anziehungskraft, Vorsaison und lähmende Ungewißheit – präzis und höchst poetisch erzählt Julia Schoch die suggestive Geschichte eines unerhörten Ereignisses.

»Eine Geschichte von zweien, die aus der Zeit gefallen scheinen – und man fürchtet, die Wirklichkeit könne sie einholen.«
Brigitte

Julia Schoch

Der Körper des Salamanders

Roman. 172 Seiten.
Piper Taschenbuch

Die eine träumt davon, in einer »geräuschlosen Unterwasserwelt« zu liegen, die andere bringt wagemutig auf nebeldichten Havelseen ihr Ruderboot zum Kentern. Zum Wasser haben Julia Schochs Figuren ein besonderes Verhältnis: Sie suchen sich selbst und loten ihre Grenzen aus. Das Wasser ist die Zeit, die Geschichte und die Erinnerung zugleich. Unerschrocken liefern sich ihre klugen Heldinnen dem Zufall aus und erleben dabei ebenso verwegene wie poetische Momente.

»Julia Schoch zeigt, wie Literatur unsere Sehnsüchte und Verlorenheiten, unsere kulturellen Verwurzelungen und unsere politisch-geschichtlichen Heimatlosigkeiten in ein Sprachkunstwerk verwandeln kann.«
Süddeutsche Zeitung

Maarten 't Hart
Der Flieger
Roman. 304 Seiten.
Piper Taschenbuch

Als gewissenhafter protestantischer Grabmacher hat man es schwer: Erst soll man dieses lächerliche Kreuz aufstellen, dann wird man von den »Katholen« gebeten, tausend Tote umzubetten, und obendrein bekommt man den bauernschlauen Ginus zur Seite gestellt, der sich nichts als Feinde macht. Ebenso schwierig aber ist es, der Sohn dieses höchst eigensinnigen Totengräbers zu sein – vor allem wenn man unerwidert in ein Mädchen aus der Nachbarschaft verliebt ist ...

»Maarten 't Hart schreibt so wunderbar skurril, theologisch versiert und zutiefst menschlich über das calvinistisch geprägte Holland – und vor allem deshalb, weil es die Welt seines Vaters war.«
NDR Kultur

»Vergnüglich, klug, ein wenig boshaft und sehr schön erzählt.«
Buchkultur

Maarten 't Hart
Gott fährt Fahrrad
oder Die wunderliche Welt meines Vaters. Aus dem Niederländischen von Marianne Holberg. 314 Seiten.
Piper Taschenbuch

Maarten 't Hart zeichnet voller Liebe das Porträt seines Vaters, eines wortkargen Mannes, der als Totengräber auf dem Friedhof seine Lebensaufgabe gefunden hat. Er ist ebenso fromm wie kauzig, ebenso bibelfest wie schlitzohrig. Die Allgegenwart des Todes prägte die Kindheit des Erzählers. Und so ist dieses heiter-melancholische Erinnerungsbuch ein befreiender und zugleich trauriger Versuch, einigen Wahrheiten auf den Grund zu kommen.

»Der Niederländer Maarten 't Hart ist ein phantastischer Erzähler. Was hat er uns nicht für Bücher geschenkt!«
Deutsches Allgemeines Sonntagsblatt

Wolfram Fleischhauer
Der gestohlene Abend
Roman. 364 Seiten.
Piper Taschenbuch

Es ist die Leidenschaft zur Literatur, die Matthias an die berühmte Hillcrest Universität nach Kalifornien treibt. Dort lernt er die attraktive, undurchschaubare Janine kennen – und es ist ausgerechnet ihr Freund David, der Matthias den ersehnten Zutritt zum innersten Kreis von Hillcrest verschafft. Welches Geheimnis aber steckt hinter den neuen Thesen, die dort gelehrt werden? Und warum zieht David gerade seinen Widersacher ins Vertrauen?

»Ein spannender, vielschichtiger Campusroman voller literarischer Bezüge, der neben der Krimihandlung auch mit philosophischen Denkfiguren jongliert.«
Stuttgarter Nachrichten

Thommie Bayer
Der langsame Tanz
Roman. 159 Seiten.
Piper Taschenbuch

Martin ist das beliebteste Aktmodell der Akademie. Als eines Tages der Alptraum eines jeden männlichen Modells wahr wird, kündigt er in Panik seinen Job. Doch die Künstlerin Anne ist wie besessen von ihm und macht ihn zum ausschließlichen Modell ihrer Bilder. Und schon bald geraten Maler und Modell in eine fatale Abhängigkeit. Martin träumt sich immer intensiver in die Rolle des Liebhabers, ohne zu wissen, was Anne in ihrem Schaffensrausch mit ihm vorhat …

»Daß man sich aus Bayers spritzigen Dialogen nicht losreißen kann, daß seine Figuren sehr genau gezeichnete Typen aus dem Alltag sind, auch wenn sie durchaus unalltägliche Geschichten erleben, gerade das macht die Faszination seiner Texte aus.«
Rheinischer Merkur

Jakob Hein

Vor mir den Tag und hinter mir die Nacht

Roman. 176 Seiten.
Piper Taschenbuch

Boris Moser sammelt Ideen, bevor sie verloren gehen. Als eines Tages Rebecca seine »Agentur für verworfene Ideen« betritt, ist ihm augenblicklich bewusst, dass er sie nie mehr gehen lassen darf. Dafür erzählt er ihr sogar einen seiner streng geheimen, verworfenen Romananfänge und vom Wissenschaftler Heiner, der beinahe den Sinn des Lebens entdeckt hätte ...

»Ein Plädoyer für die kleinen Dinge des Lebens. Und für seine Anfänge.«
Der Tagesspiegel

»Wärmt von innen: skurrile Geschichte über die Suche nach dem Glück.«
Für Sie

Jakob Hein

Vielleicht ist es sogar schön

176 Seiten. Piper Taschenbuch

Hätte er die Zeit gehabt nachzudenken, Jakob Hein hätte seiner Mutter nur diesen Satz gesagt: »Stirb nicht, es ist doch viel zu früh.« Er hat es nicht getan. Über die Erinnerung an sie und die gemeinsamen Erlebnisse stellt er noch einmal die alte Nähe zu ihr her. »Vielleicht ist es sogar schön« ist klug, wütend und tröstlich zugleich. Jakob Hein erzählt die Geschichte eines langsamen Abschiedes und verbindet die literarische Erinnerung an seine Mutter mit dem Porträt einer außergewöhnlichen Familie.

»Immer berührend, nie pathetisch, immer würdig, nie weihevoll.«
Stern

Annette Pehnt

Herr Jakobi und die Dinge des Lebens

96 Seiten mit 46 zweifarbigen Illustrationen von Jutta Bauer.
Piper Taschenbuch

Er backt sein Brot selbst und schiebt nachts sein Fahrrad spazieren. Er liebt den Regen, aber seinen grellgrünen Schirm, den braucht er nicht. Und beim Rudern stören ihn höchstens die Ruder: Der kleine Herr Jakobi nähert sich den Dingen des Lebens auf seine Art. Charmant und eigenwillig illustriert von Jutta Bauer, erzählen die achtundzwanzig unvergeßlichen Episoden eines einfallsreichen Kauzes in Wirklichkeit von unserem Leben – und machen uns heiter und nachdenklich zugleich.

»In dem von Jutta Bauer wunderbar illustrierten Band von Annette Pehnt begegnen wir einem liebenswerten Einzelgänger, den man sofort ins Herz schließt.«
Neue Presse

Annette Pehnt

Mobbing

Roman. 176 Seiten.
Piper Taschenbuch

Joachim machte seine Arbeit gut, die Kollegen schätzten ihn. Wenigstens das stand doch außer Frage. Denn mit der neuen Chefin blieb für ihn nichts, wie es war. So kam der Briefumschlag mit der fristlosen Kündigung beinah wie eine Erleichterung. Aber für Joachims Familie war das Glück längst flüchtig wie das Vertrauen, das sie in sich und das Leben gehabt hatte. Mit »Mobbing« gelingt Annette Pehnt in der Verbindung aus Anteilnahme und literarischer Distanz ein glänzender Roman um ein drängendes Thema.

»Mit beklemmender Eindringlichkeit schildert der schmale Roman, wie eine Mobbing-Aktion die Existenzbedingungen und den Seelenhaushalt einer jungen Mittelstandsfamilie erschüttert.«
Süddeutsche Zeitung

Reinhold Bilgeri
Der Atem des Himmels
Roman. 320 Seiten.
Piper Taschenbuch

»Heute ist die große Wende, mein Kind«, flüstert Viktor von Gaderthurn auf dem Sterbebett. Erna weiß, dass ihr Vater Recht hat. Nach seinem Tod verlässt sie das elterliche Schloss im Pustertal und tritt eine Lehrerstelle in Vorarlberg an. Als sie 1953 den kleinen Ort Blons im Großen Walsertal betritt, ist dies für die Witwe Flucht und Neubeginn zugleich. Sie freundet sich mit dem Leben der einfachen Bauern an und findet in ihrem Kollegen Eugenio Casagrande eine neue Liebe. Doch mit dem 11. Januar 1954 kommt ein weiterer Tag in ihrem Leben, der alles verändern wird, für immer. – Reinhold Bilgeri nimmt das historische Ereignis der Lawinen-Katastrophe, die in Blons 57 Menschenleben gefordert hat, zum Anlass, die Geschichte einer tragischen Liebe zu erzählen. Bilgeris packender Romanerstling ist Lokalchronik, Gesellschaftsstudie und Beziehungsroman zugleich. Und ganz nebenbei hat der Autor seine eigene Familiengeschichte mit hineinverwoben.

Elia Barceló
Die Stimmen der Vergangenheit
Roman. Aus dem Spanischen von Stefanie Gerhold. 528 Seiten.
Piper Taschenbuch

Als die Literaturwissenschaftlerin Katia Steiner in Rom den Nachlass eines bekannten Gelehrten ordnet, stößt sie auf ein rätselhaftes Dokument. Darin liest sie von Gemälden, die der Schlüssel zu einer längst vergessenen Zeit sind, und von einem geheimen Bund, dem »Club der Dreizehn«. Das ist für Katia der Anfang einer phantastischen Reise – eine Reise, die sie in eine völlig fremde Welt eintauchen und eine große, unbedingte Liebe entdecken lässt.

»Barceló beschwört mit wenigen Worten Stimmungen herauf und schafft Atmosphären, denen man sich als Leser nicht entziehen kann.«
Buchkultur

Elia Barceló

Das Rätsel der Masken

Roman. Aus dem Spanischen von
Stefanie Gerhold. 528 Seiten.
Piper Taschenbuch

Was Amelia und Raúl verband,
scheint unzerstörbar und hinter
einer Mauer des Schweigens
verborgen. Bis ein anderer
Mann in Amelias Leben tritt
und die Schatten der Vergangenheit heraufbeschwört. Ein
Roman wie ein tödlicher Maskenball mit wechselnden Verkleidungen und unvorhersehbarem Ausgang – die Geschichte eines diabolischen Spiels namens Liebe.

»Die Spanierin Elia Barceló lotet jede Nuance in den Herzen
ihrer Helden aus und findet für
die zarteste Regung die passenden Worte. Ein eleganter Gesellschaftskrimi über die Grenzen zwischen Liebe und Besessenheit und über die Kunst, sein
wahres Gesicht zu verbergen.«
Woman

Annette Pehnt

Haus der Schildkröten

Roman. 192 Seiten.
Piper Taschenbuch

»Haus der Schildkröten«, anmutig und scheinbar leicht, ist
ein Roman über ein großes
Tabu: das Ende unseres Lebens
und das Sterben. Ernst und
Regina begegnen sich immer
dienstags, bei ihrem Besuch im
Altenheim »Haus Ulmen«. Sie
kommen sich näher an dem
Ort, an dem nichts eine Zukunft zu haben scheint.
Annette Pehnt, vielfach preisgekrönt, zählt zu den wichtigsten
deutschsprachigen Autorinnen.

»Annette Pehnts Stil ist bestimmt von einer geduldigen,
unerbittlichen Genauigkeit, die
alle Trostlosigkeit aufsaugt wie
Herr Lukan den Butterkuchengeruch. Eine Genauigkeit, die
ohne jene makabren Pointen
auskommt, mit denen sich viele
über die menschliche Hinfälligkeit hinweghelfen, solange sie
selbst noch genügend Distanz
dazu haben.«
Frankfurter Allgemeine Zeitung